背光的所在

李雲橋——著

一切眾生，皆具如來智慧德相，但以執著妄想，不能證得。

——佛陀

推薦序——地獄天宮，皆為淨土

【知名作家】黃明堅

《圓覺經》上說：「地獄、天宮，皆為淨土。」

我們凡夫俗子既沒有瞥見過天宮，也沒有造訪過地獄。還好有一位導遊家明，用他精采的故事，帶領我們走進一個又一個愈來愈黑暗、愈來愈逼近地獄的處所，讓我們眼界大開，知道在這個狹隘侷促的世俗世界之外，原來還有其他的世界。

那個世界是陌生的，卻又無比熟悉。那個世界像是一面明鏡，照見的恩怨情仇、貪愛嗔恨，和我們這個世界無二無別。而在此地未能了結的糾纏瓜葛，就像藤蔓一樣無聲無息地竄入另一個時空，繼續繁衍，串連起生生世世的悲歌。

家明以他的超能力，俠義出手，排解凡人與鬼神之間的紛擾，因著他的慈悲願力，拔除眾人的苦痛，引人脫離黯黑無光的所在，投入光明之境。他費盡氣力援助的這些人物，不管是淫亂的、虛榮的、妄想的、或是愚昧的，儘管都是佛陀眼中的「可憐憫者」，卻也正是佛陀認定「皆具如來智慧德相的一切眾生」。

地獄不遠，觸手可及。天宮應該也不遠，和紅塵一樣，貼身不離。放下執著，放下妄想，就是智慧，就是光明。

人的心念具有莫大的能量，一念轉垢，當下地獄；一念轉淨，頓昇天宮。與其說家明想為我們展現一個靈異世界，不如說他其實細膩地想反映一個應該更具智慧的人間世。

我很欽佩家明對困處苦難之眾生如此的愛護和疼惜，我也讚嘆作者的文章才情，筆下的故事，有結構、有顏色、有層次，歷歷分明。一般人大半只有一種專業身分，作者天賦異秉，有第二種身分，能自由穿梭陰陽界，這已讓人嘖嘖稱奇，而這本書的完成，更確認了他的第三種身分——天生的寫作好手。

作為一個讀者，我可能和大部分人一樣，不敢夢想自己能有幾多重身分。讀者的本分，只是好好讀讀這些好看的故事，並且期待以後以後都能常常讀到這麼好看的故事。

推薦序——一切唯心所造

【哈佛醫師】許瑞云

行醫多年以來，一直有新的體驗及學習。剛開始行醫的時候，只是專注於病人身體的問題，所以治療病人時，總是從食物營養、運動、生活作息等項目入手，再配合藥物調整，但慢慢發現，即使營養、運動、生活作息都做到完美，人還是會生病，大多數藥物的效果也非常有限，有些疾病甚至無藥可醫。常見的慢性病幾乎都得要靠長期吃藥控制，無法真正治癒。

我進一步發現，人的情緒和心念對身體的影響其實遠遠大於前述的一切，如果能夠調整一個人的情緒能量和心念，多數的疾病都可以逐漸康復，即使是慢性病或罕見疾病等，也都可以得到完善的療癒（請參考《哈佛醫師心能量》一書）。

近年來，透過不同管道的學習，我逐漸接觸並了解一些「無形的」、「看不到的」力量對生命的影響，繼而轉向探索研究所謂的「靈」。我很幸運，在生命裡只要有需求的時候，就會有適當的老師。當我開始接觸靈的世界時，相關的老師便陸續出現在我的生命裡，李雲橋先生就是其中的一位。第一次和李雲橋見面，我們兩人相談甚歡，彼此分享了很多治療疾病的經驗，而他所分享的一切，對我而言既新奇又不可思議，同時帶給我非常多的領悟。看完他的第一本書《逐光陰陽間》之後，我就一直期待他的第二本書能趕快出版。

從身到心到靈，一路上的學習讓我更加了解各種疾病發生的原因與治療方式，也對我們所處的世界有更寬廣的認識。或許對靈界從未接觸的讀者，可能會覺得書裡寫的案例彷彿神怪小說。我建議大家可以試試帶著開放的心，去體驗每個故事背後的學習和啟發。雲橋在書中對於他所經歷的這些個案，都會跟讀者分享他從中所得到的深刻領悟，很值得大家細細思量。

例如：在〈滴水穿石〉那篇文章中，我們看到人很容易為了貪財而墮落，給予者和接受者都有各自的問題，雙方的互動往往是彼此共同創造出來的結果。〈悠悠我心〉則對感情陷入迷惘的人帶來很好的啟發，對前世業力和如何改變宿命軌道可以有更深的了解。而在〈一見大吉〉這篇文章裡，我們看到有些人不斷的跟隨不同的身心靈老師，上了很多的課，但如果心念不改，所做所為都只是與無明相應，生命終究還是繼續沉淪，繼續被捆綁。

面對目前所處的狀況或身體的疾病，最終最重要的還是調整自己的心念。凡我投向宇宙的一切終將回到我的身上。過去或過去生所造下的問題，我們得要甘願承受結果。但是即使曾經傷害了他人而招感他人的怨恨以對，只要能夠時時心存善念和真心的懺悔感恩，我們就能開始轉變自他的關係。一切唯心所造，只要心夠真誠，即使是惡緣也大多能夠善了。

書中還有許多精采案例值得一讀，推薦大家閱讀此書，細細品嘗與深深反思。

獻給我永遠摯愛敬重的Wayne，與感謝懷念的「筒爺」。

目錄

自序——鬱鬱人間世，曖曖內含光

光線在進入水中之後，隨著深度的增加，各種顏色也開始逐步消失：

紅色首先被吸收，在四至五公尺左右處消失，

橙色在水面下二至三公尺開始消失，到十公尺深度時完全消失，

黃色在十八公尺深處完全消失，

綠色與紫色到了三十公尺處也完全消失。

藍色在深海中因為海水無法吸收光線，因此在二十到三十公尺以下的海底看起來是一片深淺不一的藍色。但也只有百分之十的藍光可達到一百公尺深度；等達到水深兩百公尺時，海底已經沒有任何光線了。

然後，然後便只剩下無邊無盡的黑暗，無垠無間的冰冷與沉默……

這本《逐光陰陽間》的續篇《背光的所在》所試圖要描寫的，正是這段光明自性在進入物質世界的器世間之後，逐漸變化黯淡的過程。

由於一開始就設定了這個黑暗的主題，像是強要給自己一個挑戰，加上過去一年裡我自己身上發生了許多翻天覆地的事件；創作過程極不順利。寫作計畫的時程，大綱，主軸，故事取材，側重的角度，一再地重新修正。

我不斷反覆嘗試，百般斟酌推敲，試著顛覆每一個我原本的想法，推翻自己的每一個設想。我要求自己一定做到不能從「拯救者」與「被拯救者」這樣不對稱的角度書寫。我要求自己一定要想辦法進入事件人物的內心底層，他們的環境背景，去碰觸他們與你我一樣也必然會有的艱難歷程。我甚至企圖挖掘出那些可能埋藏在他們內心深處，自己都不甚了了的角落，無人聞問的荒煙蔓草，無主孤墳。

我強迫我自己用一個地對地的平行角度進行書寫，在這樣的視野裡，沒有施與受的角色劃分，沒有取與給的相互對立。雖然書裡收錄的都是這些黑暗、悲傷、罪惡、痛苦、癡迷的故事，但我不能，也不願，用一種居高臨下的觀點來呈現。如果一開始就採用這樣的筆法，必然將隨之而來的，不會是同情理解，而只會是批評論斷，甚至撻伐批判。而關於後者這世界已經太多，關於前者卻是太過太過缺少。

於是我試著透過故事主角這段黑暗之旅的心路歷程，來側寫我們每一個人都具有，都會遇到，也都有機會展現出來的各種樣貌。面臨每一個真實的時刻，我們所作的每一個選擇，都在向這個宇宙宣告：我，是一個什麼樣的人。我們可能這次選擇了光明，下一次選擇了黑暗。不見得選擇了光明就會輕鬆愉快，選擇了黑暗不一定就會幸福美滿。人的一生，注定就是一部人性中光明與黑暗的交戰史，至死不休。這場仗，我們有時贏，有時輸。但我認為在這裡面，沒有仲裁者，沒有裁判官。有的只是我們所作的種種選擇，在宇宙天地間，做為永遠留存的印記。

在這《背光的所在》一書裡，沒有非此即彼的對立互斥，沒有是非善惡的價值判斷。我盡量用常人會有的筆觸與想法去描寫，去體會，去感受。我不歌頌光明，也不譴責黑暗，我只想忠實呈現這兩者在你我心中糾纏抗衡消長交戰的每個片段。因為，我，同大家一樣，都有屬於我們自己的無明要面對。

善惡是一種二分法，一種價值判斷，這是人為造作的產物。或許說來令人難以置信，但我已經不再用「善惡」這種簡單的表記久矣。越是堅持善惡分明的人，越是給自己，也給他人，甚至這世界，帶來痛苦與災難。

說到底，我們都是一樣的。眾生一體，無有二致。

「無緣大慈，同體大悲。」

只可惜這道理我領悟得不夠早；寫作的功力不夠深，這主題在書中，我處理得還不夠好。

必須說明的是，這書裡集結收錄的，都是陸續發生在過去十年間的真實事件；有些甚至是早在智慧手機行動網路社交媒體尚未發明問世的年代。但為了沖淡書本裡悲傷沉重或詭秘恐怖的氣氛，也為了增進讀者閱讀上的樂趣與興味，當然還是做了些調整與修飾。但不同的是，這一次的故事，歡迎大家對號入座。

也許你可以在這些別人的故事當中，找到自己的暗黑無明；或許你可以在這些以別人的生命做為代價而換來的故事裡，發現自己的貪嗔癡慢疑。

然後你會發現自己不再孤單，也無須徬徨。因為你終將明白，光明從來不需要費力去戰勝黑暗。只要光明一現身，黑暗便自動消失退散了。

我們只需要鼓起勇氣，挺起胸膛，將內在的清淨自性打開。那光明，將會驅散種種無明，遍照三千大千世界，照亮無數無邊無量黑暗。

是為序。

甲午年　立秋

前情提要

故事中的「我」，
在偶然認識行跡神秘的家明之後，成了他亦師亦友的夥伴。
隨著家明的腳步，為許多人、鬼了卻遺憾和牽掛，
就此踏上了各式各樣橫跨陰陽兩界的旅程……

暗黑無光

這個平行宇宙的暗黑之旅，何處會有出口？何時才有盡頭？
在盡頭那端等著我的，會是光明，還是更黑的黑暗？

天剛濛濛亮的時候，我便已經和衣坐起。

昨天醫生開的安眠藥藥效似乎不是很長，我只睡了六個鐘頭便轉醒過來。

很快地，二次化療的六個回合將在今天結束，中午過後我就可以出院回家了。也就是說，彈指間三個多月就這樣過去了。

我將床背搖起靠著，閉上雙眼在床上靜靜地坐了快一個鐘頭。

世事變幻無常難以逆料，人生總是充滿意外。

我的世界原本混沌不明，認識家明之後的這段奇幻歷程雖然曖昧抽象，但模糊中隱約可見梗概。那段時光中我好不容易摸索出一個方向可以依循，但沒想到故事的開展急轉直下，這旅程突然一個急轉彎，無聲無息悄悄地將我拋進一個蟲洞裡。某天早上一覺醒來，突然發現自己好像進入了另一個平行宇宙。眼前周遭的人事物看來一如往常毫無異狀，但我心中對身旁的一切卻感覺極度陌生，極度異常。不論我去到什麼地方遇見什麼對象，我總深深覺得那些場景與人們只是外表看來相同，但其實根本不是我原來宇宙裡的模樣。甚至包括家明，也是這樣。

稍後我起身走到窗邊，居高臨下望著這還沒有醒過來的城市。空蕩蕩的街道上只有幾輛早班公車與掃街車開著大燈緩緩駛過。路口有幾個黃燈閃爍，在微藍的晨光與乾淨的空氣中發出像是脈搏震動的信號。

都說化療是打毒藥，好的壞的細胞都會一起殺，但原本主治提醒我的「這次化療的副作用可能較明顯你要多忍耐點」的所有副作用竟都沒有出現，我的身體完全沒有任何不適。話雖如此，這段期間在這平行宇宙的陌生世界裡，卻發生了許多挑戰我想法顛覆我信念的事。如今我欲記述追憶那短短的三個月，霎時我突然驚覺，似乎這次在接受化療的竟不是我的身體，而是我的腦子了！

我在窗前佇立，腦中殘破的記憶碎片不斷雜亂浮現，一個片段冒出我還來不及反芻品味，另一個截然無關的片段又已然覆蓋於上。雜沓零散的回憶持續閃出，我心中卻是一片悵然。眼前寧靜空無的街景，不消多久便要換上一幅繁忙擁擠嘈雜骯髒的模樣了……

①

「人在江湖飄，豈能不挨刀」。「出來混總是要還的」。

過去為了打探消息收集線索所欠下的人情債，終是有該清償的時候。

這一天我空著肚子還躺在病床上發呆，一位過去政治線的前輩老友打電話來。

「喂，你認識的那個家明……能不能請他幫個忙？」

我感到些許無奈，但之前某些事件的新聞與後續都蒙他幫忙收集資訊；他也知道了家明這樣一個人物的存在，要拒絕是很難說出口的。於是，我先試探看看：「怎麼了？你會有什麼事情需要找他啊？」

「不是我啦！是某某立委……呃……其實也不是他啦……」

「到底是誰啊！」我感到自己就要開始不耐煩：你不知道我正在住院嗎？……哎……他確實是不知道。好吧，我做個深呼吸；這前輩行事一向是老成持重，今天他的支吾其詞必定有難言之處。「到底是什麼事呢？」我壓下自己的情緒，好好地聽他把話說完。

「是這樣的，有位企業家前兩禮拜突然腦溢血送醫，是很嚴重的顱內出血。醫生冒險開了刀雖然止住出血，但開完刀快兩個禮拜了人一直昏迷不醒，腦壓也降不下來，血壓卻是越來越低……醫生已經連開兩張病危通知了……」

「嗯，」我唔了一聲，「然後呢？」

「他病倒送醫真的是一件很突然的事情，我想連他自己都沒有料到的。有很多事他都沒有安排，也沒有交代。昨天晚上我跟那委員吃飯，席間他提到這位企業家突然倒下恐有不測，又提到家屬的憂心忡忡心急如焚；我想到剛好你不是認識位家明嗎，就主動跟委員提起了。那企業家與委員幾十年的交情，每逢選舉總是出錢出力，是動員力很強的大樁腳啊。人家委員也很講義氣，我一提，他馬上打電話跟對方家屬商量並取得了共識。怎麼樣，你能請家明幫幫忙嗎？」

「那麼，到底是要幫什麼忙呢？」

前輩老友停頓了一會，似乎是有點為難，也有點不好意思開口：「是這樣的……因為事發突然……那企業家很多事都沒有交代就倒下了……他的太太與大兒子想請家明……這個……想請家明跟他的靈魂溝通看看……看能不能問問他銀行保險箱的密碼……還有想問問財產分配跟事業接班的安排……」

什麼！竟然是要問這種問題！人都還沒有走呢……到底關心的是……

但我突然想到：要跟生者的靈魂直接溝通哪……這種事不知道家明會不會呢？

我感到這可能是一種挑戰，令我不禁也想看看家明的能耐如何。於是我放下對別人豪門家務事的批判，向前輩回答道：「好，我幫你問問看家明。」

前輩果然是與家屬取得共識並且相當有經驗準備而來的。一聽我答應說好，馬上報出病人的個人資料與生辰八字，說聲有勞你，就匆匆掛上電話。

我潦草地在昨日報紙的空白處剛寫下資料，家明就推門進來了。

②

家明手上拎著個紙袋交給我，我打開來一看是兩盒鬆餅與兩杯咖啡。

「還沒吃過東西吧。」家明邊說邊把床邊的小茶几拖過來擺好。我看他一臉輕鬆，好像我們是在吃高級飯店客房送餐服務似的。

待他將食物擺好，我老實不客氣地大口吃起鬆餅來，隨手將寫著病危企業家立委大樁腳個人資料的昨日報紙遞過去。家明不明所以，眉頭一皺便問我：「這是要做啥？」

我邊倒著蜂蜜糖漿，邊拿起咖啡喝了一口送下嘴裡的鬆餅，慢慢跟家明解說事情的原委。「不好意思，沒問過你我就先答應了。你看著辦吧，若有何不妥之處你再跟我說，我再去回絕。」我大口嚼吃著彷彿事不關己，但其實心裡很想知道家明會有何反應又將如何處置。

家明放下手上的報紙也慢慢吃起鬆餅來。吃了一陣倒是我忍不住了，「怎麼樣家明，你能跟他的靈溝通嗎？問得出銀行密碼嗎？」

他拿起報紙又仔細地看著，頭也沒抬地喝了一口咖啡又緊盯著報紙上我潦草的字跡。沒一會，他轉頭向我望來說道：「搞什麼！人家時間還沒到呢！」

家明居然給出這樣一個答案，真是讓我措手不及。「啊？什麼？你是說……」

「人家歲壽還有的是呢！家屬問得這麼急，會不會太那個了點啊。」

看他一臉輕鬆自若，但我心裡還是有幾分不相信，「醫生已經都開了兩張病危通知了呀……你有沒有搞錯？這事可開不得玩笑啊……」

家明瞪了我一眼沒好氣地說：「人家求生意志很強，還在奮戰呢！這當兒你要我去問密碼我可問不出口。」

我張大了嘴想著這出人意表的回答，然後下意識地拿起手機，又看向家明問道：

「那，那我怎麼回覆對方？」

他聳聳肩，「病情部分如果家屬願意的話我可以試試看。但問密碼什麼的我可不會。」家明又堅定地說了一次。我想了想，還是給前輩同事回了電話。

前輩同事在與立委及病人家屬商量後，又打了電話過來：「對方家屬樂意配合。他們問：需要準備些什麼？方便的話希望可以跟家明約個時間當面談談。」

我拿著手機轉頭看向家明，他說：「見面倒是不用麻煩了。如果可以，請他們留下地址就好，我準備些東西給他們寄過去。」

待我與前輩同事聯絡完這些事情，家明問我：「怎麼樣，這次要住幾天？」

其實每次化療都是兩天一夜甚至當天就可以出院的行程。但因為當初我買的保險實在太豐盛，每住一天都有好多錢可以領，所以我總是請醫生讓我多留一晚，多賺些零用錢。

「嗯，」家明應了一聲，「明天早上我把東西拿來給你。」

這事暫時算完，我與家明慢慢把鬆餅吃完，又隨便閒聊了一會之後，他便說還有事要先走了。家明走後我看看時間，還有一整個下午要打發。我交手枕著頭，繼續想著方才請託事件的合理性與荒謬性，想半天卻想不出個所以然來。

當時的我還渾然不覺，不知道這就是我通過蟲洞來到平行宇宙的第一天。

③

我曾以為，認識家明對我而言就像是一個溺水之人乍見浮木，在無可奈何了無生趣的人生裡終於找到存在的價值與意義。

我也曾在海邊對家明怒吼狂叫：「大部分人會因為死亡的逼近而改變自己的人生態度；有人因此活得更積極更有意義，有人因此活得更墮落更沒有意義，但試問，有沒有意義是由誰來決定？誰有資格決定？我選擇以我覺得有意義的方式來面對接下來的生命，為什麼你說我是在逃避？」

當時家明並沒有反駁我，但我不確定，也不很在乎，他是不是認同我。

時至今日回頭再看，他的沉默似乎就是一種表態。

時至今日回頭再看，我真的把許多事情想得太過簡單。

我曾以為我與家明的旅程，恰可讓我立地生根站穩腳步；但沒想到這片風景我其實只看了幾個片段，並沒有看完。

後來我經常想起我與家明在海邊的那一段對話。說是對話可能不妥，我們的想法沒有交集，反而比較像是「各自表述」吧！

當時我沒有心緒靜下來好好思考他所說的那番話，但在這段日子裡我倒是常拿出來反覆思索咀嚼。為什麼他說我是逃避呢？為什麼他說我是由一個虛妄走入另一個虛妄呢？如果我臣服順從於家明的說法，專心面對處理自己的問題再健健康康正正當當行應行之事；那麼，我的問題到底是什麼？什麼才是我應行之事？難道他的意思是，我跟著他一同經歷的種種並不是我份所應為？那他當初何必找上我？我的問題除了生病，難不成還有什麼其他層面的嗎？

在海邊那天，我腦子裡只充滿了憤怒與失望，這些疑問未曾出現在我心裡。但如今萬緣放下，乖乖回來化療，稍稍冷靜一點之後重新再想，這些問題竟是一個接著一個源源不絕滔滔湧上。

化療不過三個月就要結束，而我也沒有出現任何不適；那麼化療結束之後我該幹嘛？我將何去何從？我的身體雖對化療藥物的接受反應良好，但我的腦子卻被我對自己的，與對家明的疑問滿滿塞爆。

如果說，我與家明相處的經驗有讓我學到任何教訓的話，那麼我想最重要的一點就是：靜觀其變，急事緩辦。凡事不要驟下結論，答案自會慢慢浮現。這個教訓最有深意的地方就在，隨著時間的演進，每個階段的答案都各不一樣。或許我應該用過去與家明相處的方法，稍安勿躁，就靜靜品嘗這旅程的諸般滋味吧！

「他強由他強，清風拂山岡。他橫任他橫，明月照大江。」我記得曾在某本武功秘笈裡讀到過這兩句話。

④

我將家明準備好的東西交給前輩，並仔細囑咐他使用方法與注意事項。我看家明的態度似乎只是給個交代，並不想牽涉其中的樣子，遂也不是很把這件事放在心上。我自認已經完成前輩的請託，很快就把心思放到別的事情上了。

但是約十天之後前輩來了電話，他的口氣相當激動興奮……

「哎，我跟你說，你那個家明，真是神了啊！哇靠！」

電話那頭一向老成穩重的前輩竟然興奮地對著我大呼小叫。我皺起眉頭把手機拿開了耳朵旁，才沒好氣地對他說：「怎麼了啊，發生了什麼事您老慢慢說好吧！叫這麼大聲我都聽不明白您說什麼了。」

前輩吞了口口水，總算恢復鎮定，好好慢慢地把事情完整說清楚了。

原來病人家屬收到家明準備的東西之後，依照指示使用才過三天，病人就從昏迷中清醒過來，並且才又隔了三天便轉入普通病房了。醫生說，他們的醫療處置一切如常並沒有任何新的改變，但病人竟突然甦醒，確實是奇蹟！只能說老天保佑了。眼下一切都很好，恢復順利並且進展快速。家屬驚嘆之餘，感謝萬分，希望能親自向家明道謝。

前輩又多嚷嚷了幾句讚嘆連連的話，我敷衍了一會便說：「好吧我會問問看家明的。但能不能安排碰面我可不敢保證喔。您那邊不要答應的太快了。」

其實我並不認為家明有「起枯木肉白骨」的本事。儘管病危昏迷的人三天內能甦醒確實很神奇，但如果這都是家明一己之力所能為，那未免也過於狂妄浮誇。儘管前輩與病人家屬都驚嘆不已，但我始終相信家明曾說過的：眾人有眾人的緣法，一切都要因緣俱足才成的，一切因果都是極複雜的動態系統。我雖然也對這好消息感到高興與欣慰，但心情卻是異常的平靜。

家明乍聽時也是露出又驚又喜的表情，連連恭喜對方。但當聽到還要安排碰面的時候，馬上沉默不語，只是無奈地擺了擺手。

我看家明似乎不是很樂意與對方見面，但我礙於前輩情面難以找出適當的推託之詞，正在游移不決時，沒想到安靜無語的家明竟然慢慢開口：「好吧，既然人家要特地北上，就見見吧，我想也無妨的。」

我問家明，人命關天，怎麼這次事件看來竟是如此簡單便輕易收場？難道你真有起死回生這麼大本事？家明淡淡輕聲答道，只是因緣湊巧罷了。

我不死心，繼續問道：「應該不只是這樣吧。你能說明得更清楚些嗎？」

家明看了我一眼，慢條斯理地答道：「病人的大限時間還沒到，這次生病只算是比較嚴重的沖煞。我不過是化解了這股煞氣再將他受傷的部分調理癒合而已。坦白說我也沒想到會好得這麼快，應該也算是他自己的造化吧。再說，醫生們的努力也不能不算數啊。」

我接口道：「對嘛，我就說過，該活的死不了，該死的救不活，就是這樣嘛！」

家明並不同意我：「你這樣說就倒因為果了。就算他時間還沒到，倒下時你擺著不理他試試看，看是不是該活的死不了！」

嗯……我想了一下家明的話。「反正重點就是他時間還沒到嘛。那要是時間到了呢？」我並不確定我是真心想發問，還是只想挑釁。

家明似乎沒什麼反應，他只是耐心又說：「沒錯，因為時間還沒到，所以還有插手的餘地。若要是大限到了，就只能商量看看有沒有空間多爭取些時間了。」

喔？這句話倒是引起了我的興頭：「那該怎麼商量，怎麼爭取啊？」

「跟銀行債務協商這你總曉得吧？無論是協商展延還款的期限，或減免欠款的利息與成數，都有很多方法可以商量的啊。」

嗯……原來這當中還有這些玄機的呀……我正想著家明的話，他突然又說：

「不過你不要忘了，欠錢的是你，銀行為什麼要跟你協商？又憑什麼評估你提出的協商條件？」

「對啊，憑什麼？」

「很簡單，這真的跟銀行作業沒兩樣。一個是你『還款』的能力與誠意，一個是你平日累積的『信用額度』。你信用越好，協商成功的機率越大。一個信用好的人，就算是臨時跳票，銀行都會幫忙代墊先補足差額，再讓你後補的對吧。」

家明的比擬簡單清楚明瞭，但是他信用二字所暗喻的究竟是……？

「你很聰明，慢慢想你一定會知道的。」

⑤

關於這幾個月裡緊湊相連所發生的這些事，我一直懷疑是不是幕後有隻黑手或是導演之類的什麼在安排操弄。那些無以名之的，或稱為老天、造化、命運；但更具體一點來說，我甚至懷疑那幕後黑手就是家明。他在我渾噩不知的情況下，巧妙將我引領進入這個平行宇宙奇異時空。

他也像是一個用心的策展人，精心設計將這些光怪陸離荒腔走板的人事物排列組合呈現在我眼前，強逼我去正視他們。

他是不是在挑戰我？

要是我無法通過這試煉，那麼等著我的下場會是什麼？

就算我僥倖過關熬過這些艱辛考驗，那又怎麼樣？

這些胡思亂想都像是發燒時的囈語，對我一點幫助也沒有。腦子的化療繼續一波波襲來；是福是禍吉凶難料，我只能翻起衣領拉上拉鍊，嚴陣以待。

那是一個溫暖的星期五的中午。我跟家明剛爬完山下來，回到車子裡家明拿出背包裡的手機看了看，皺著眉頭自言自語說道：「什麼事找得這麼急？」

他手機裡好幾通未接來電都是同一個號碼打過來的。我拿出毛巾抹著一頭一臉的汗，他按下手機回撥過去。很快地我聽見他說：「嗯嗯，那麼待會見。」

家明轉過頭對我說：「一個朋友急著要找我，怎麼樣，我們先下山吃點東西，我讓她過來跟我們碰頭。」

我聳聳肩，說聲好啊，便發動車子向市區駛去。

我們在這間專賣早午餐的美式餐廳才剛吃完東西，「家明的朋友」就趕到了。

她是一個年輕的女生，大約三十上下。一頭短髮搭配修長的身形，從穿著上看應是個粉領上班族，精明幹練的模樣有點主管的架式，但她深邃的輪廓與秀雅的五官之間，卻帶著一股沉重的愁容。

她先跟家明打了個招呼：「不好意思這麼臨時找您……實在是很抱歉……但是又沒辦法……唉……。」

她欲言又止，說話吞吞吐吐的。我不知道是因為她要提的事情難以啟齒，還是中間卡著我這一個陌生人所以不好開口？於是我說：「我可以迴避沒關係的，你們先好好聊吧。」我本已要起身走開，沒想到家明卻攔住我。

「沒關係，」他對著面前這女生說道：「這是我的好朋友，凡是我可以聽的他也可以聽。他也不是一個大嘴巴的人這妳放心。」

我看她心裡百般掙扎的模樣，也感到一陣為難與不忍，家明硬把我留下來，更讓我多了幾分尷尬，只好安慰她說：「是啊，妳要是遇到什麼困難，說出來大家幫忙商量商量也好。」

她低著頭，一隻手握緊了拳頭用力地捏著，似乎強忍著心中的心事還是情緒，臉上的表情變了幾變。她低著頭，彷彿是不敢正視我們似的。

家明拍了拍她的手，把桌上的咖啡移過去她面前溫和說道：「沒關係，妳先整理整理，慢慢來，沒關係的。」

那女生深呼吸一口氣，終於吐出了幾個字：「下週一您有空嗎？」

家明聞言一愣，輕輕笑道：「怎麼妳又要約我下週一啊？我們現在不是已經見面了嗎？」

那女生秀眉一豎，看似好不容易鼓起勇氣又慢慢說道：「因為明天下午我要去動手術，後天在家休息，所以才急著跟您約下週一的時間……

「嗯……其實我剛看完婦產科醫生，已經確定我是真的懷孕了，所以安排了明天下午的手術……我想……我想下週一請您幫我超度那個嬰靈好嗎？」

⑥

後來我與家明在委員的私人辦公室同他們碰面。我本以為應該只是一場客套酬對的會面，沒想到完全不是那麼回事。連居中聯絡的前輩都沒想到，對方居然來了好大陣仗。前輩向我們一一介紹：這是某委員，某老闆的夫人，某老闆的長子與媳婦，還有夫人的好姐妹與她的千金等不相干人。難道皆是聞風而來也要排隊掛號的嗎？

這場面簡直有點不知所云，家明倒頗有既來之則安之的架式一一向來人點頭致意。看起來，他似乎也是有備而來？

委員相當熱情，看得出來他非常開心，完全沒有國會議員的架子，反而豪爽地打開場面，首先介紹他與病人幾十年的交情與情誼，這次得遇貴人逢凶化吉，多虧家明的功力高深鼎力義助云云。

家明謙笑連連直稱不敢，彼此雙方的一番表態雖然做作，但也俱是題中應有之義，江湖嘛。

那企業家的夫人看來精明幹練，不知道是不是性格內斂喜怒不形於色，她既沒有委員那樣的熱情相迎，更看不出任何夫君逢病得救大難不死的喜悅神情。我不知道。我跟她不熟，無從理解或判斷她這樣的表現是否合理。

那夫人自名牌包裡拿出一封厚甸甸的紅包袋放在茶几上往家明推來，拘謹地說道：「這是一點點心意，答謝家明您的協助，真的很感謝您的幫忙。」她的臉上始終掛著一個客氣的表情，語氣裡也聽不出特別的謝意，反而讓我感覺出某種刻意的舉重若輕的態度，與行禮如儀的味道。

家明看了桌上的紅包袋一眼，便向那夫人說道：「小事一樁舉手之勞，倒也不用這麼客氣多禮了……」他話還沒說完，那夫人的好姐妹便把話接了過去：「哎呀，您的舉手之勞對我們可是天大的恩情哪……這可不是小事呢。多虧遇上了您這高人不然我姐夫恐怕現在還在昏迷呢……」在旁的委員也一同慫恿起來，「是啊家明兄，您幫的這個忙可大了，絕不是這個小紅包可以報答的，這只是家屬表達感謝的一點心意，您千萬可別推辭啊，日後我們還要找機會補報您的恩情的。」

家明聞言，只是微微一笑，我看他慢條斯理地自外套口袋裡掏出一張紙來。

「其實也不用等到日後，今天正好有事要跟委員與夫人商量。」他將那紙遞給委員，一邊對那夫人解說道：「我前幾天在報紙上看到這兩則報導，一個是某某鄉鎮貧困家庭學生營養午餐的年度補助經費還沒有著落，另一個是某某育幼院的營運發生困難急需外界的幫助……我想……剛好這都是在二位的家鄉……如果真的要說答謝的話，是不是能請委員跟夫人就近移愛給真正有需要的對象？」

果然家明確實是有備而來。這一招反客為主，不知對方會如何接球呢？

一封厚甸甸的紅包與兩項多達數百萬的捐款，冷眼旁觀的我在心裡暗想：你的椿腳妳的老公，這一條命值多少錢呢？

那委員接過家明手上的剪報看了一會，馬上露出江湖男兒的本色，絲毫不以為忤地朗聲笑說道：「家明兄急公好義，這麼熱心慈善公益真是令人感佩……欸……」他隨即話鋒一轉：「只是……哎……真是不巧，這兩個地方都不屬我們的派系選區，不大方便撈過界……再說，今年也沒有選舉……唉，真是不巧……」

家明一擊不中馬上收手，「這不情之請原是有些強人所難，若是有什麼不方便那就作罷好了……」

委員轉手將剪報交給那夫人，馬上接口說道：「不會的不會的，我們回去再研究看看好了……有能幫得上忙的地方我們一定盡量。」儘管他沒有顯露出一絲一毫的尷尬，但任誰都聽得出他語音裡掩飾不了的空洞。

而我在此時才真正見識到那夫人的厲害，她若無其事輕飄飄地說道：「這事我們回去會好好商量的，今天還有一事相煩，要請家明您指點迷津，」她拍了拍坐在身旁的好姐妹繼續說道：「我這姐妹啊，去年被倒了一筆款子，數目不小，她著急得很，想問問您，不知道收不收得回來？如果能收得回來，再多捐款也不用怕了。」

我聞言為之錯愕，怎麼這麼快，這麼簡單，球就回到我們手上了？

但家明倒是不慌不忙，他好整以暇地看著那位好姐妹，也是一位中年貴婦打扮的模樣，慢慢說道：「這筆款子確實是不小，只怕有三億吧？」那好姐妹張大了雙眼看著家明，只聽他又緩緩說道：「這麼大數目也難怪您掛心，我想，收回一成是一定沒問題的，如果運氣好，說不定可以收到兩成。」

那好姐妹這時已經連嘴巴也張得老開還沒會過意來，坐她一旁的女兒拉著她的手小聲說道：「是不是嘛！媽、我早說過銀行處理連動債的原則就是這樣的嘛，最多賠到兩成，這有什麼好問的啦……」

⑦

就是諸如此類這樣的事情，在這奇異宇宙裡不斷地上演。不知道為什麼，我心裡老是盤旋著不知從哪兒冒出來的一句話：娘什麼！老子都不老子了！

但是，我又憑什麼來評斷論說這一切呢？誰的衣櫥裡沒有藏著幾個骷髏呢？

那一天在餐廳，當那個女生向家明說出「我想手術後隔天請您幫我超度那個嬰靈」時，我整個人就傻住了。幾乎是下意識的反射動作，我馬上找了個理由走到外面去抽菸。或許是我不想再多聽她的個人隱私，也或許是我不想涉入這樣子的事情；總之我不想再聽下去，我只想馬上離開現場。

我在餐廳門口的吸菸區點了根菸坐下來，只覺得心裡五味雜陳，頭昏腦脹一團混亂。我的理性在指責與心疼的兩極中間來回擺盪拉扯，但我的心緒卻滿是心酸與心痛，無力與無奈。

她已經一切都計畫好了。一個步驟接著一個步驟，安排得非常妥當毫無遺漏，連超度嬰靈的這個層面都想到了。完全符合她專業人士的行事作風，可以說是算無遺策。但既然這麼會打算，當初怎麼會出這種岔子呢？

她展現出來的處事態度，到底是一種表露在外而不得不有的堅強姿態，抑或是真的可以把這樣的事當作一件工作上的專案來嚴謹執行？

真的有「嬰靈」這種事嗎？

那天我硬是待在外頭逗留，無論如何就是不想進去參與他們的談話。也因此到底家明跟她說了些什麼，這件事後來家明又是如何處置；我一概不知，也無心追問。我只記得大約一個鐘頭後那個女生就出來了。她行色匆匆，只看了我一眼連聲招呼都沒打便離開了。但在那小小片刻，我還來得及瞥見她雙眼發紅，似乎是剛哭過的樣子。

我走進去在家明對面坐下。他正在發呆，似是在放空，也似是心中另有所屬。

我用一種事不關己，略帶距離感的語氣與態度同家明攀談：

「那女生的事，你怎麼處理？」

家明說話的音量似乎比平常大了些：「我剛才好好地說了她一頓。」

「那，真的有嬰靈這種事嗎？」

「她沒有！」語畢家明就站起來離座去洗手間了。

⑧

一直到今天，我都還可以清楚記得家明當時惱火的模樣。只是我不敢肯定，他到底是為了什麼事生氣。

我邊收拾簡單的行李準備出院回家，腦子裡這些奇異的片段往事一直東一塊西一塊地跳出來。我像是隻在玩著一團沒有線頭毛線球的小貓。我也像是一個強迫症患者，越說別想，越是想得厲害，想得雜亂。

待行李都打包好，我左右無事，以手枕著頭躺在床上小憩等主治到來。雖然療程終於結束讓我有一種如釋重負的輕快，但其實心裡卻有一股更大的、無以言喻的、我不想觸碰的，失落感。

躺在床上胡思亂想一番，我的老好人主治終於推門進來。他看來挺輕鬆，手裡拿著一個文件夾。他對我說：「不錯哦！我看完你的ＣＴ跟ＰＥＴ的檢查報告了。原本的幾個陰影都不在了，很好很好，要恭喜你喔。不過呢……」

哦？我在心裡想著，不過什麼呢？

「不過你血液報告的癌症指數還是異常，還是超標太多喔……」他頓了一下繼續說道：「其實血檢的這個癌症指數並不精確，有很多種情況都可能使這個指數飆高，因此這我們參考就好。我想，還是以ＣＴ的結果為準，我認為這次的效果是非常好的。」

其實我真的不是很在意這六次化療的結果如何。對於如何看待我自己的病，以及對於病情未來的發展，其實我心裡已經有數，非常踏實篤定了。

不，並不僅僅是「該活的死不了，該死的救不活」這種命定的想法。而是曾經有人告訴過我的：「心醫好了，病也就不藥而癒了」。

我相信，真的是這樣子。

而我今後，極可能就奉此為圭臬，以此為準則活下去。

主治又再恭喜我一次，開了一張約診單給我。今後我只需要每三個月回來檢查一次就可以了。

拿著行李來到樓下，不知為何，我在人群擁擠的大廳徘徊了許久才走出室外。醫院的大門口交通繁忙，一頭有許多車輛紛紛將病人及家屬載入院區；另一頭也有許多車輛將痊癒出院的病人接回家。自用車與計程車此起彼落送往迎來，由入口堵到出口。才短短的幾步路，但顯得如此雜亂繁忙。

我在心裡想著：入口到出口這不過短短數步之地，有人竟要走上許多天才出得來，卻也有人永遠走不到出口那端。我搖搖頭，輕嘆一息。

我揹著行李與心中的失落感，慢慢踱步到前方十字路口的紅綠燈旁等待。行李裡頭裝著的，是這三個月裡光怪陸離難以言說的奇異歷程的吉光片羽。出得院來，今後我將何去何從？到底什麼才是我應行之事？這些奇怪的故事，這段神秘未知的旅程，我是否要與家明繼續同行？這個平行宇宙的暗黑之旅，何處會有出口？何時才有盡頭？在盡頭那端等著我的，會是光明，還是更黑的黑暗？燈號轉為綠燈了。站在路口我裹足不前，不知道該往哪個方向前進。望著前方的十字路口，我突然想起狄更斯著名小說的一段開頭：

這是最好的時代，這是最壞的時代；
這是智慧的年代，這是愚昧的年代；
這是信仰的時代，這是懷疑的時代；
這是光明的時季，這是黑暗的時季；
這是希望的春天，這是絕望的冬天；
我們的前途充滿希望，我們的前途一片虛無；
我們全都將直上天堂，我們全都將直下地獄。

頭名會元

許多事，都是覆水難收，永無可逆啊！緣起生滅，難轉定業，我們能不臨淵履冰，小心看顧好自己本心？

很久很久以前，某朝某代的某鄉間小村裡，有兩名小童同在一間私塾讀書識字。私塾裡的眾學童因為各種原因來來去去，往往簡單識得幾個大字之後，便另務農或習藝去了。然這二人向學心堅，一直到了正式開筆做文章的年紀，依然好學不倦樂此不疲。正由於這段不棄不離共同成長的經歷，這對總角之交雖然沒有捻土為香歃血結義，但一路走來相互提攜鼓勵，也已經是情勝兄弟。

「有人辭官歸故里，有人星夜赴考場。」這二人讀書做學問勤奮非常，但小小年紀的心中，對這股熱情發憤的背後，究竟是要經世濟民做一番事業，或是晉身仕途好光耀門楣，亦或僅是與古人交以養性修德，其實小小年紀心中並沒有想法。偶爾思慮及此，也僅只是些模糊的粗淺梗概，並沒有真正立定志向。

在家長與先生的支持教導下，這二人課業學問日益增長進步，接近弱冠之年時首先通過了「縣試」與「府試」順利成為童生，有資格參加在省城舉辦的「院試」了。院試每三年舉行兩次，通過院試的童生稱為「生員」，俗稱「秀才」，已經算是有了功名，正式進入士大夫階級；並享有免除徭役，見知縣不跪、不得隨便上刑等特權。

果然，這師兄弟二人輕鬆從容地通過院試，順利取得了秀才的身分，並獲府道學政的提拔，得以參加下一級鄉試。這時在年紀稍輕的師弟心中，開始有了對功名利祿的想望。

「若不能一舉成名天下聞，那麼師長的辛苦栽培與自己十年寒窗的艱辛，又是所為何來呢？」這個念頭像一顆種子，在準備院試考秀才的時光裡，悄悄地在師弟心中自己都不甚了了的一角，開始萌芽滋長。

鄉試才是正式科舉考試的第一關。每三年一科，舉行之年稱為大比之年，於該年八月在京城及各省省城的貢院內舉行，亦稱「秋闈」。鄉試每次連考三場，每場三天。考的不只是學問文章，更是對考生身體健康狀況的一大考驗。

開考前，每名考生分配貢院內一間獨立考屋，稱為「號舍」。考生提著考籃對號入座，然後大門關上，考期完結之前不得離開。吃喝拉撒睡都得在小小一間號舍裡。身子骨底氣要是不夠扎實的考生，病倒在號舍內或給抬出去的每場總不乏其人。縱有腹笥詩書如淵，文章燦爛如華，提不得筆亦是枉然。此乃關鍵所在，且按下後表。

①

鄉試結束開闈那日，那師兄經過多日苦思打熬，臉色慘白禁不起烈焰高張的日頭酷曬，步出貢院大門時，頭重腳輕一個踉蹌差點昏眩跌倒。一旁的師弟趕忙攙扶住師兄的身體，但就在這一剎那間，心裡卻突然閃過了一個念頭。這念頭竟令得他自己，都暗暗吃驚……。

鄉試過關後所帶來的榮耀與狂喜之情，在《儒林外史》與《范進中舉》裡頭都有相當生動的描寫。只因為鄉試過關，即是舉人老爺了！這在古代社會可是一件了不得的大事情，不只有了功名，晉身官場也指日有望了。

鄉試放榜，師兄高居榜首，一躍而為頭名舉人稱為解元，師弟雖然同榜中舉，但也僅是一名陽春舉人而已。他開始悶悶不樂了起來，私下無人時總是愁眉深鎖不展。偶爾想起那個一閃便過的念頭，只是搖頭嘆息。

原來自打小讀書識字開筆做文章起，師兄弟二人的表現與造詣始終並駕齊驅無分高下。自古以來「文無第一」；在師長間同學間鄉里間，這二人始終得到一致的讚揚與敬佩尊重，即便一同歷經了縣試府試院試的關卡，這二人也總是相信彼此必定是同榜有名榮耀與共。然而未料到一場鄉試下來，師兄奪得頭名舉人的解元稱號，這二人生平第一次被分了等第取了高下，師弟也第一次嘗到了忌妒的滋味。

忌妒歸忌妒，但時序輪轉無情，並不會為了任何一個人的情緒而稍作停留等待。馬不停蹄地，鄉試高中的舉人老爺們，又都要開始準備次春二月在京城舉行的會試了。會試由禮部在貢院舉行，亦稱「春闈」，同樣是連考三場，每場三天，由翰林或內閣大學士主考。舉人們能否再上一層樓成為「貢士」，便要看「會試」的結果而知分曉。

鄉試與會試之間相隔，足足將近半年之遙。這對師兄弟秋闈結束後不久便結伴啟程赴京，在京城附近尋了一客居處所安頓下來。除了繼續研讀典籍時文，偶爾與其他來自各省的舉子們以文會友，或是偕同一起遍遊京城周遭的名山勝水風土人文，日子過得充實而且愜意。

可是這師弟雖然白天時一副沒事模樣，半夜裡卻始終輾轉反側難眠。

這段日子裡表面上看，一切仍是極為尋常無異。師兄弟二人同進同出同食同宿，登高吟詩飲酒聯對，不僅是感情極好的總角學伴，更是難得的一榜同年。表面上看一切如常，但其實大謬不然。這師弟平日練就了一身鎮物矯情的工夫，但到了夜裡一人獨居斗室之時，他對師兄的欽服豔羨，忌妒惱怒等諸般複雜糾結情緒，竟是每晚每夜輪番上陣前來，折磨得師弟心頭矛盾不平徹夜難眠。

此二人的學問造詣原本不分軒輊，在縣學鄉學裡亦都極獲長上的讚許。但隨著年歲日增，二人的特色與擅場開始慢慢顯出了分別：師弟才思敏捷足智能記，運筆如飛有七步成詩之材；師兄文章氣勢恢弘儼然成局，能兼容數家之言又不失其真義。兼之讀書養氣胸中生華，文采與風采相得益彰，省學師長們私下言及時，總以為這師兄來日金鑾殿上，狀元有望。

這師弟對師兄的忌妒與不平，就這樣悄然無聲慢慢地在心田中滋長。而隨著會試的逼近，另有一份莫名的恐懼，也襲上了師弟的心頭……

初春二月便是會試之期，會試過關成為貢士，便有資格參加殿試了。由皇帝親自主持的殿試一般而言只定名次等第而不黜落貢士，因此只要會試過關，幾幾乎就是進士有望了！縱使只取在二甲三甲，那也有同進士出身，可望任職六部。若是成為頭名會元，即便未能連中三元，得皇帝欽點金榜一甲狀元郎，那麼任翰林院修撰，監察御史，甚至外放州縣都是唾手可得之事。

儘管這師弟尚不敢奢望能高中狀元，但自小到大一帆風順的成功，令他自覺進士儼然已是囊中之物，沒想到一場鄉試後師兄的這個解元，相對於自己的陽春舉人，這師弟除了忌妒之外，更為這份深深的恐懼所籠罩：名額越來越少，競爭越來越激烈的會試，自己到底有幾分把握？為什麼明明與自己不相上下的師兄憑什麼能夠高中解元？金殿之上，還會有我兄弟二人同進同出的足跡嗎？要是榜首會元之名依舊由師兄取得，他日回到故里相較之下，豈不是無顏見人？一個同進士出身又有什麼榮耀可言了？

這師弟的忌妒不平與得失恐懼，漸漸結出了一顆可怕的果實。

②

說到這，家明輕輕將雙手合上對著手心吹了一口氣，像是嘆氣似地。搓了搓手，他拿起茶杯一飲而盡。

我望著坐在家明面前的前輩，不知他將作何反應。

幾天前，前輩打電話來說道：「欸，我一個不小心，把委員拜託家明的事跟你嫂子說了，哎，沒想到你嫂子一聽，眼巴巴地就要我也趕忙幫她找找家明。我推拖了好幾次都擺不平。哎，都已經幾十年過去了，她還是不死心啊……」

「嫂子有什麼事要找家明呢？」我接口問。

「還不是我那個大舅子！都瘋了幾十年了！」前輩長嘆一息。

我聞言一愣，隨即試著軟言相勸：「如果都幾十年了嫂子還是放心不下，那一定是極困擾她的事情，前輩您就說來聽聽也無妨的吧。」

前輩聽來似有什麼難言之隱，支吾了半天才結結巴巴地說道：「我跟你嫂子也算是青梅竹馬，所以他大哥我也是從小就認識的了。他這人啊，極有才情的。不但功課好，還多才多藝，什麼作文啦書法啦繪畫啦作詩啦演講啦，是樣樣拿手個個在行。初中高中都考上第一志願的名校，連大學聯考都輕輕鬆鬆就進了台大。我看要是在古代啊，他活脫脫就是個風流才子了。」

「嗯……」我低聲問道：「結果他瘋了？」

「哎，瘋啦！他這般人物進了台大，那可是如魚得水了。受盡師長疼愛提拔不說，還廣受女生的歡迎崇拜，在學校風頭可健得很哪。誰知道要升大四那年的暑假，他無緣無故就瘋了。一開始是整天疑神疑鬼，說有人要害他；沒多久幻聽幻覺都出現了。整天就是東躲西藏說有人要害他要抓他，不然就是對著牆壁喃喃自語好像在跟誰說話。隨身總是帶著本小冊子，上面密密麻麻寫了一堆潦草無章的蠅頭小字還不許人碰。

「醫生診斷說是精神分裂，才沒幾個月行為就開始失序不受控制，常常搞失蹤不說，還出現暴力傾向。家屬無計可施之下，那年代大家知識也都沒現在這麼進步，就送精神病院了。哎……這一進去就四十幾年啦……哎……好好一個人……這麼優秀這麼有才情……哎……我看這輩子算是完了……」

「如果四十幾年來都是這樣，那嫂子又為了什麼放心不下呢？」

「哎，你不知道啊……我岳父岳母都已經過世了。他們生前最放心不下的就是這個兒子，生怕走了之後他獨自一人老死在精神病院裡，所以生前老是叮嚀你嫂子，一定要好好照顧他，要多去看看他，如果有什麼新藥或高明的醫生，也要帶他去給治療看看，總之就是把他託付給你嫂子了。你嫂子又那麼孝順聽話，這些年來她每個月都還是會去精神病院探望她大哥喔。」

「嗯……」我遲疑了一下：「前輩，難道嫂子的意思是……要讓家明醫她大哥？」

「哎，真說要醫好，我看是連你嫂子也不敢奢望了。只不過他大哥發瘋這件事，這幾十年來在他家可說是一個極大的傷痛，父母生子成龍的深切期望落空不說，還拖累了整個家庭。他父母後來甚少與外界往來，深怕受不了外人與親友的歧視眼光；但也從來沒有放棄過這兒子，幾乎是每週都到醫院探望，希望奇蹟出現有一天這獨生愛子可以恢復正常。

「這件事對你嫂子來說，也變成一生的懸念了。她找家明，到底是想試試看能不能醫治改善她大哥的情況，還是想知道為什麼她大哥會發瘋，還是想對這整件事對她家庭造成的影響找個答案，我看恐怕她自己也說不清楚了……」

於是數日之後，我和家明便與前輩夫妻倆在一家老餐館碰面了。

一陣閒聊寒暄之後我們邊吃邊聊，待嫂子花了整頓飯的時間鉅細靡遺地把哥哥發病的情形與之後家裡的變化都說明得一清二楚，家明突然開口問道：「你們有沒有興趣聽一段故事？」

我故事聽到這裡心裡已經有數，望著坐在家明面前的前輩，尚不知他將作何反應，嫂子已經迭聲催促著家明：「接著往下說，您請接著往下說！」

③

南來北上公車進京的舉人們就算沒有水土不服，也要歷經北方嚴冬酷寒的考驗。這師兄心知會試大考，對身體的壓力更甚以往，因此進京不久便尋訪了一間知名藥舖，延請大夫好好用藥調養滋補營衛之氣，以為準備應付日後苦讀應考，勞心勞力的損耗。

那師弟身體雖不見疲乏，但師兄本著愛護的心情，兼之一同客居他鄉本應彼此照應，看診抓藥時總也將師弟拉上。

豈知這「師兄要是不在了該有多好」的念頭日日夜夜侵蝕著師弟，想到若能會試掄元進而殿試金榜的榮寵，他日衣錦還鄉榮歸故里的風光，這師弟不禁口乾舌燥心神不定。日漸浸淫之下，原本該有的人情義理便漸漸被功成名就晉身仕林官場的慾望給取代了。

隨著在京時日漸久，又時時聽聞其他舉子們對師兄的肯定與讚賞，這師弟對師兄的忌妒惱怒益發增長，彷彿這師兄是他功名途上唯一的阻路大石，竟渾然不把來自其他各省的菁英放在眼裡，每到午夜夢迴時，這師弟心裡只是一個念頭：「要是師兄不在了，這狀元就沒人跟我搶了，沒人跟我搶了！」

會試之期一日日逼近。終於有一天，這師弟人慾戰勝了良知，將這念頭付諸行動。他首先到平日拿藥調養的藥鋪與夥計假意閒聊，探知了洋金花生附子麻黃等藥性作用，再趕到城外近郊的另一藥舖配藥，細細囑咐煎煮之後調製成散隔日來取，便又匆匆趕回城裡了。

那師弟取得令人昏迷麻痺的散劑後，貼身密密收好，但懷裡就像揣了隻兔子似地，鎮日忐忑不安心神不寧；取起書本自然也就難以入目，與師兄同桌飲食之間，也不免心中有愧而目光飄散。

轉眼間已到了會試之日，師兄弟拿著考籃與眾考生在貢院門前等待開貢院的儀式完畢。那師弟將手伸進衣袋握著散劑正要趁黑放入師兄考籃的同時，師兄突然轉過頭來說道：「賢弟啊，一會就要分別了，你身子骨一向比我結實，試場打熬必定難不倒你。愚兄真盼望我自己身體爭氣，能與你共題金榜一同回鄉，若一村裡能出兩名進士，可真是一段難得佳話了！」

聽得師兄如此溫言期許，那師弟緊握著藥劑的手不禁也緩緩鬆了開來……一股羞愧的眼淚差點流瀉而下……

會試放榜，師兄果然不負眾望再度高中榜首會元。那師弟雖也榜上有名，但放榜之日他在貼出的長長榜單中細看良久，才在一百多名之外找到自己的名字。到底是真才實學不及人，還是鎮日心神不寧無心功課，才考出了如此成績，只怕他自己都弄不清爽。失望悔恨之餘，還要強顏歡笑，連日陪同師兄答謝應酬前來道賀的眾同年。遇有邀宴，也每每在觥籌交錯之間，暗自痛恨自己的「一時之仁」，而往往喝得大醉而歸。

那師兄好言相勸了幾次，讓師弟釋懷振作，為殿試好好用功準備，卻不見效。殿試由皇帝親自主持，「舉人試之京師，曰會試。中式者，天子親策於廷，曰廷試，亦曰殿試。」殿試只考一題時務策論，做文章立策論本是師兄的拿手擅場，憑藉的乃是學問底蘊時局縱深與臨場機變，既非師弟之所長，更不是一時半日可以準備妥當。那師弟索性也就放下了天人交戰的煎熬，一心一意往牛角尖裡鑽，抱定了玉碎瓦全的決心！

就在殿試的前一晚，師弟知道師兄平日睡前總會再服一帖藥，於是他懷裡那包麻痹散劑，就這樣神不知鬼不曉地偷偷加進了師兄剛煎好藥的陶鍋裡。

總是好人多逢難，那師兄服下這帖加了麻痹散劑的藥不出半個時辰便全身癱麻，四肢無法動彈，僅頭頸眼珠勉強稍能轉動。口不能言只是流涎，更無法出聲呼救，好好一個雙料頭名解元會元，就這樣癱了一夜無人知曉！

待得師弟殿試完畢回到處所之時，也未料到這師兄竟仍然癱倒在床，趕忙假意慰問延醫救治。無奈延誤多時，兼之師兄氣急攻心一整日，病情已無可挽回！

這師弟跟著大夫忙進忙出，心裡其實一片糊塗與納悶：「這散劑，不只是令人發麻昏迷麼？按說藥性一退師兄便該要能起床，我只不過想讓師兄錯過殿試時辰，怎麼會癱得如此嚴重？」

大夫診治過後斷定這師兄必是夜裡中風致癱，又延誤過久，血瘀氣滯充塞於腦，只能開幾帖化瘀活血祛邪補正的調元藥，說聲剩下的就看造化，便拱手搖頭而出了。也是陰錯陽差，這大夫與師弟都不知道的是，這師弟根本不通醫理藥性，憑著聽來的幾種藥材作用，便胡亂湊成了張方子，那帖麻痺散劑各種藥物的份量，竟是多了正常用藥的十倍不止！加上更無君臣調和之佐劑，這散劑裡的各種藥物便直似惡狠狠的洪水猛獸出閘亂竄，這師兄竟就此糊裡糊塗被弄成了終生癱瘓！

④

故事說到這裡，飯桌上的氣氛已經相當凝重。前輩木著張臉不作聲，向我望來。

我試圖解讀前輩的眼神裡，隱含有哪些反應，還看不出個所以然來時，嫂子已經開口問道：「後來呢？這故事只到這裡嗎？後來怎麼樣了呢？」

家明看著嫂子似乎心有不忍，也轉頭向我看過來：「怎麼樣，要都說穿了嗎？」我嘆口氣，心裡有數，知道家明是與嫂子初次見面，便把話頭接了過來。

「嫂子啊，家明的意思是，即使把故事都說全了，說穿了，也不能怎麼樣了，平白增添更多無奈與惆悵而已。您還要繼續聽嗎？」

嫂子臉色蒼白猶自強作鎮定，她口氣堅定地說道：「無妨地，還請您說完全了。都已經這樣了，我想好好把這故事聽完。」

前輩也目不轉睛地看著家明，家明輕咳一聲清了清喉嚨，握著空空如也的茶杯說道：「那好，待會還要去醫院探望您大哥，我就長話短說吧！」

且說那師弟殿試結果只取在二甲的最後一名，分發至吏部候補任官。學識能力至此，那也叫無可如何。本以為搬去師兄這塊擋路大石，縱使未能得皇帝欽點狀元，料必榜眼探花亦不是難事。豈知人外有人天外有天，憑自己的真本事也只能取在二甲之末。幸好吏部打點者眾油水甚豐，這師弟便在吏部熬資格鑽門路，指望有朝一日即便不能入閣拜相，也想辦法掙個封疆大吏方面要員。

於吏部候補任官不久，那師弟便僱人將師兄護送回鄉，囑咐沿路小心照料。每年三節，必也託人登門探望並帶上大筆銀兩，以稍補心頭之疚。

這師兄雖然癱瘓不起，但偶有神志清楚之時。有時想起本已近在咫尺的殿試榮寵與金榜掄元的光耀，竟然連同自己的十年寒窗苦讀，以及健康如常的軀體，全都一起付諸流水了！每每憶及至此，他只能癱在床榻上任淚流滿面難以自拔。

偶爾想起自己為什麼會中風，卻百思不得其解。感情至深的師弟在京城時，為什麼每日只來探望一回便匆匆要走，眼神又為何總是游移不定？原本口才便給的他見了自己為什麼講話老是結結巴巴，甚至聽起來有些敷衍？這些疑問偶爾會出現在他的心中，但總是自責內疚地不敢繼續往下想。

一直到第二年的大過年，那師弟衣錦還鄉告假省親，師兄熱切盼望多日卻始終等不到師弟的來訪。等到師弟回京的消息傳來已經過去多日，他這才確定師弟是從此再也不會登門探望的了；當年的種種疑點，他也慢慢心頭有數了。

自那一日起，這師兄便少飲少食鬱鬱寡歡，鎮日只是對著屋樑流淚。不出幾年便瘐死於病榻之上。

而那師弟大錯已然鑄成無可挽回，乾脆將心一橫，更是熱中於功名場上。只是宦海沉浮半生，始終未能飛黃騰達。到得晚年更是因為貪腐舞弊事發遭拿，散盡家財，落得罷黜官職，革籍回鄉的下場……

待家明講完這個令人沉重痛心的故事，前輩夫妻倆聽完也是表情凝重一時無語。但我心裡對家明今天的態度，卻起了一個很大的問號……

嫂子猶自默默品著這故事，前輩先開口說話了：「家明兄，哎，您說的這個故事……哎，跟我大舅子的事是否有什麼關聯？」前輩只要一激動，講話就哎哎哎個沒完。這老毛病多年來始終沒能改掉。

家明抬頭望了前輩一眼，便又看向嫂子。他的眼神似千言萬語，彷彿其中的複雜曲折比方才這個故事更引人入勝。他的眼神一汪如水，裡頭波濤洶湧，各種各樣的情緒翻滾流轉，竟是一副五味雜陳的模樣。

他看向嫂子，語氣溫柔卻又略帶試探地說：「嫂子，您還好嗎？在想些什麼？」

嫂子嘆了口氣，緩緩說道：「我猜想，故事裡的師弟便是家兄是嗎？」

家明沒答腔，眼眶裡亦閃著微微亮光。

「唉，沒想到，」嫂子看家明沒說話似乎是默認，嘆了口氣又繼續說道：「沒想到我只是要了解大哥的病況，竟引出這麼一段古老久遠的故事來。

「您剛說到一半我就聽明白了，心裡也有準備了。一切都那麼吻合不是嗎？我大哥自小學業過人文采出眾，彷彿是帶著前輩子讀過的書來投胎似的。他發病的時候老是叫喊有人要抓他害他，拚命想辦法東躲西藏；可是我現在回想起來，那神情既不像是精神異常，也不像是受人迫害，反倒像是作惡之人東窗事發，抱頭鼠竄的恐懼張惶啊！」

家明默默點點頭沒說話，但我心裡的疑問已經壓過對嫂子大哥以及那段故事的好奇。這實在太不像家明一貫的作風了，我知道家明很排斥公然講什麼前世今生因果報應之類的事情；跟他相處久了，我知道有些事物有些界線，他是絕對不願輕易越過的。但到底為了什麼，他今天竟然毫不閃避遮掩，就這麼大剌剌地將往事講述地如此仔細詳盡？

「嫂子，這故事還不算完！」家明突然開口：「我們且先去醫院看您大哥吧。」

⑤

我們在精神病院的會客區見到嫂子的大哥。

他身形高大幾乎與我不相上下，或許是久居病院，形態已經略顯佝僂。方頭平臉濃眉大眼，輪廓間還依稀看得出當年必是一美男子的模樣；只是如今也已然白髮蒼蒼，齒搖視茫。

他穿著件深色的厚大衣，左胸前略微鼓起，原來口袋裡裝滿了筆還有他那不離身的小冊子。他見了我們幾個外人，神情緊張似乎非常怕生，一手環繞胸前緊緊抓著衣襟，另一手垂下只是不斷顫抖。

嫂子向前安撫他，我們看他這般模樣，便坐到另外一張桌子，讓嫂子與他單獨共處一桌。

嫂子輕聲細語地跟她大哥說話，慢慢詢問他的飲食起居情況。那神情那語氣，儼然是一位擔憂掛懷愛兒心切的母親，我看了心頭一陣酸一陣暖，只好側過頭不忍再看。

家明待那大哥與嫂子談了一會話，神情較為放鬆之後，移座過去大嫂身旁面對著她大哥。他對家明的接近反應竟不是很大，只是更抓緊了胸前的口袋，臉上神情不見緊張，倒是有些木然。

家明縮起身子，小心翼翼地輕輕對他說：「你穿這麼多，不熱嗎？」

大哥用力搖了兩下頭，眼睛看著地上。

「你現在很害怕嗎？」家明又問。

大哥先是點了點頭，又用力搖搖頭。這樣是害怕還是不害怕？

如果他對家明的攀談只是這樣的反應，我想應該還不算太害怕吧。

「你的手很大，手指也很長。我們比比看，是不是比我的大，好嗎？」家明語畢慢慢地將他的左手攤開來擺在桌上。

大哥斜眼偷瞄了一眼家明放在桌上的手，又看看坐在一旁的嫂子，好像是在確認什麼一樣，又再看了家明一眼，才緩慢地將他的左手搭在家明手上。

家明閉起了雙眼，大哥右手仍緊抓著他胸前衣襟的口袋。

我屏息凝神看著這一幕，突然感覺頭部兩側的太陽穴開始發緊，有種像是螺絲被鎖上的感覺。那感覺越鎖越緊，已經不只是兩側太陽穴而已，我整顆頭就像給一片鐵片環環箍住了似的。我感到腦部痠麻腫脹，那閉鎖的感覺，似乎分為上下兩道，緊緊綁住我的頭腦。

腫脹頭痛中，我看向那大哥的頭，似乎在他的那裡，感覺也是這樣。

我忍著痛，繼續看下去，我好像真的在他頭上看到兩道鐵箍。

我忍著痛，突然間聽到家明的聲音：「我們談談好不好？」

他閉著嘴沒說話，眼睛溫潤地看著那大哥，大哥的手還是放在家明左手上。

「閣下，我們談談好不好？」家明的聲音又一次響起。我看向他，果然如我所料，

我看到大哥的頭部出現一道濃密的陰影，那陰影感覺鬱重沉悶，隱隱約約像是將要化為一個人形。我全身寒毛豎立，拚命想弄清楚是怎麼回事，前輩突然拉住我低聲說道：「哎，現在是怎麼回事啊？家明在做什麼啊？」

我無心理會，顧不得他是前輩，只說了句你別吵！就又繼續看下去。

我看著那陰影巴著大哥的頭，此時聽到一個陌生的聲音：

「彼是何人，意欲何為。」

這聲音聽起來乾澀生硬，竟一點人味也沒有。但是其中的黏膩厚重陰沉僵硬，像是一坨柏油黏在身上的感覺。

家明言道；「今日特為你來。」

「為吾何來？」

「為你生滅來。」

「何為生，何為滅？」

「回頭是生，不為己甚是生。執迷為滅，五毒焚身為滅。」

那陰影沒出聲，一片靜默。

家明又道：「此人害你一命誤你一生，應受七世瘋癲之報。每到下藥害你之年紀必當無端發瘋，貽終身之恨。七世已過，不能容你再行糾纏相逼。」

那聲音接口淒厲說道：「吾若不去，你待如何，又能如何！吾一世功名大好前程，斷送於陰險狠毒小人之手，此恨綿綿豈有絕期！」

「生滅在你一念，由你自取。你若不去，我只好用強！」

此時家明右手捏了個訣指在桌下比畫起來，頓時我覺得周遭的空氣突然出現強烈的壓迫感，大有肅殺之氣。家明目不轉睛盯著大哥頭頂上的黑影，嘴角線條也變得銳利起來，他就像是一張拉滿了的弓，隱隱有含勢不發之姿。

雙方就這樣僵持了一會，那黑影的濃稠感漸漸淡了。

「你引來好大陣仗啊！難道吾報仇雪恨竟是不許？君需知此乃報應！」

「報應也僅是七世之期。你私心自用已經墮入鬼道，再不收手，就要打入地獄道了！方才我說過，為你生滅來。總算你天良未泯，尚有一絲人性；轉念是生，苦海回頭是生。這牒文你且收下交予來人，善自悔過，洗淨嗔念，以保你日後重生之機。」

「……」

「執嗔是滅，墮地獄道是滅，頭名會元，你可想清楚了！書讀孔孟、文論三代，莫不成連這點道理都不懂？」

家明此話一出，那黑影似乎大為震動：

「頭名會元……頭名會元……你也知道我是會元啊……」

家明張口喝道：「會元郎，何謂『仁』！」

那黑影語音顫抖生硬地說道：「克……己……復……禮……克己復禮為仁……」

「何謂『夫子之道』！」

「夫子之道，惟忠恕而已，忠恕而已啊……」那黑影終於放聲大哭起來。伴著黑影的淒涼哭聲當中，我竟猛地憶起王維的兩句詩來：白首相知猶按劍，朱門早達笑彈冠！

⑥

後來我聽前輩提起，他那大舅子的病情日趨穩定，雖然整日仍是渾渾噩噩，但已甚少有幻聽幻覺甚至動手打人的現象。醫生看他狀況大有改善，便安排他去參加幾堂專門給病狀較輕的病患參加的課程。

那都是些捏黏土畫蠟筆畫，歌唱舞蹈寫書法等的簡單才藝。耐人尋味的是，他其他課程都表現平平，偏偏是書法一門似乎無師自通，上了幾堂課日漸熟練之後，竟然在字裡行間隱隱表現出「瘦金體」的痕跡。書法老師大為讚賞，還幫他報名了書法比賽。

我聽到又要比賽，馬上在心裡暗叫，還是不要再比了吧！

我跟家明談到前輩大舅子病情進步的情形。家明沒吭聲，只是又長嘆一息。他嘆道，縱使化解了這段冤孽，已經造成的傷害卻是無可挽回了。許多事，都是覆水難收，永無可逆啊！緣起生滅，難轉定業，我們能不臨淵履冰，小心看顧好自己本心？

家明說到這裡我突然想起，那日見到前輩大舅子頭上的兩道鐵箍。我問家明，那是不是師兄的冤魂糾纏，鎖住了他的神志？

家明默默點頭稱是，我又問，那麼解開了一道，另一道呢？那又是什麼？

家明轉頭向我看來，斬釘截鐵清清楚楚地吐出兩個字：「業力。」

我點起一根菸，想起「帝網重重」這句話，頓時感到一股無力感湧上心頭。

那日見到嫂子大哥，已是老境頹唐。早年的英氣勃發已不復見；大好男兒四十年的黃金歲月，竟是埋沒葬送在精神病房。此事說來雖然叫人不勝唏噓，但仔細琢磨再想，他省去了多少人間苦難折磨，避掉了多少世事悲歡離合？兩相對照之下，我們同他，何者是幸，何者是不幸？

我又突然想起，一向避談前世因果的家明，為何此次事件竟反常地毫不忌諱侃侃而談？

家明想了一想才對我說：「六合之外存而不論。只是不論，並不是不存。只因為提起這類事，流弊實在太多了！我不提前世今生因果報應這種事，一則是不想因果變質為一種威脅恐嚇的事物，二則，是不想給當事人找到一個可以卸責的藉口！

「話雖如此，該談的時候，能談的時候，還是得說。倘若所遇非人，那我也寧可裝作無緣對面不相識了。」

我想著家明的話，還是不明白到底怎樣才算能講，怎樣才算不能講。

家明又說：「你別再想這些了吧，一會兒又想進牛角尖去了。這題目大又複雜，我們有合適的機緣再談吧。唉，總歸是，隨緣消舊業，莫再造新殃！」

隔日，家明傳給我一則新聞報導，是國內某精神科醫師所寫的文章，僅轉載摘要如下：

「○○醫院精神科主任○醫師指出，精神病病患經常被誤解成可怕的罪犯，國外研究顯示，精神病患暴力犯罪的發生率只有萬分之五，比一般人還低，而且犯的通常是微罪（例如占據他人物品、闖入私人領域等）。但是媒體報導方式卻經常強化社會對精神病患的污名化與歧視，造成犯罪與精神病的不當固著連結。更嚴重的是，近年還出現**病患個人前世作孽，或是家族長輩為惡以致禍延子孫**的因果報應之說，除了歧視精神病患，還**以個人甚至家族長輩的私德**做文章，這對病患以及病患家屬，都是莫大的二次傷害，甚至是更嚴重的歧視與污名化。

社會大眾往往因為個案而認定精神病患經常闖禍，在無法清楚了解精神疾病病理問題的情況下，讓疾病淪為原罪，進而演變為對精神病患的污名與歧視，造成精神病患在社會中被當成忌諱、偏見及被拒絕，也讓精神病患的復健工作受到重重的阻礙……」

我是小玲

小玲本性善良乖巧溫柔體貼，
但不知為了什麼竟會一個人獨自在險惡的都市生活。
從外表與言行上看，又處處流露出迫不及待想趕快長大的深深期待……

今天早上我吃完早餐，在家附近的自助洗衣店裡看雜誌等衣服洗好的時候，家明打電話過來，跟我約下午三點在西門町碰面。

我已經好久好久沒去逛西門町了，家明今天竟要約我去那裡，真是令我頗為吃驚。坦白說，我實在很難把家明與西門町這地方聯想在一起，無論如何我就是無法想像家明走在西門町街頭的畫面。那就像是……一幅西洋寫實派油彩畫裡突然游進來一尾中式水墨畫風的錦鯉。儘管這錦鯉姿態生動筆觸圓潤濃淡相宜，但無論如何，對我來說這實在是一件突兀奇異的事情。

我與家明約在捷運出口的大廣場碰頭。雖是平日的下午，但廣場上依舊佈滿行人與遊客。涼爽的微風與溫暖的陽光，真是一個相當舒服的天氣。儘管已經很久沒到這地方來，但出了捷運站走到這廣場，我還來不及顧到自己心中的感慨與心情，腦海裡充塞的，其實是到底家明為什麼約我來這裡。

我在廣場的一角看見家明，原來他已經先到了。我走向前去開口就問：「今天為什麼來這裡？」

他對我笑了一笑，我突然發現他的表情有點不懷好意。他對我笑了一笑然後看著旁邊一群嬉鬧的高中女生說：「今天帶你來把妹。」

啊？這個出人意表天外飛來的回答，特別是把妹二字出自家明之口，令我為之錯愕。當下一愣便問他，你要把妹啊？

「不，是你把。」家明很快地回話，並轉過身去邁開腳步。

我急急跟上湊近他問：「喂，講清楚啊，到底是怎麼回事？」

家明邊走邊說：「你在家也悶好幾天了，今天特地找你出來透透氣啊。你當年把妹的功力隔了這麼久不知道有沒有退步，就讓我見識看看嘛。」

我感到有些發窘，一時無言以對，不知這話該怎麼接怎麼回擊才恰當，但心裡又想知道家明今天演的是哪一齣，遂訕訕地跟著他繼續走，邊走還邊想繞到他的身後在他屁股上踹一腳。

①

我們慢慢走過幾個大路口拐了幾個彎，來到一間街邊的便利商店。這便利商店的大門開在馬路上，店的另一面則是臨著一條小巷。我們買了兩杯咖啡，在對著小巷這面的大窗前比肩坐了下來。

家明拿起咖啡杯眼睛望向前方，似看而未看，似想而未想。然後他對我說：「我是說真的喔！真的是要請你來把妹，不是開玩笑。」

我看他慎重其事的模樣似乎真的不是跟我開玩笑，便暫時收拾起我不正經的心情與重重疑竇，姑且配合他演出：「那，那是要把誰啊？」

家明喝了口咖啡又說：「就在對面，你稍安勿躁。」

我透過窗玻璃向對面望過去，這巷子的另一邊，是一家女裝服飾店。門面不是太大，但是內部頗深，看起來就是一間普通的流行女裝店。店門口沒有顧客，但隱約可以看見裡頭幾個應該是店員的人影。

我與家明在這便利商店裡坐了一會，終於有顧客上門，我看到有個女店員走出來招呼。家明此時用手肘輕碰了我一下說：「看，來了，就是她。」

我忙把目光焦點放在那女店員身上細細端詳，雖然隔著一片玻璃與一條巷道，但還是看得出來她身形嬌小，約莫只有一百五十公分出頭，一頭長髮是染過的亞麻棕色還燙了大波浪捲。身上穿的是一套可愛的小洋裝腳下踩了雙高跟鞋。臉孔面容雖看不清楚，但上面濃妝豔抹，兩個誇張的大耳環左右搖晃，是極常見的典型正妹裝扮。

但不知怎地，我心裡的直覺卻是，這女生年紀必定極小，雖然故意強作超齡成熟打扮，但我心裡強烈地感覺到她根本稚氣未脫，其實還是個小孩吧。

我仔細看了她好一會，除了這些觀察所得之外，實在看不出也想不透，到底她有什麼特殊之處會讓家明特地帶我來此看她，喔不，是把她。

「怎麼樣，有把握嗎？」家明看著她忙進忙出招呼顧客挑選衣服試穿，不經意地對我問道。我搖搖頭對他說：「不要鬧了啦，到底要幹嘛你就說吧，把妹什麼的我早就忘光了啦。」

家明側過頭來，挺誠懇地對我又說：「好啦好啦不提把妹。那麼，你敢不敢去跟她搭訕，跟她認識一下？」我聞言一怔，遲疑了一下，還沒會過意來，家明又說：「說正經的，你敢不敢去跟她認識認識？」

我感受到家明的誠懇中帶著一絲絲的尷尬與為難，似乎這真的是一件正事要辦，竟然也就認真思考起家明拋給我的考題。

真的要搭訕啊……我想了半天，光是女裝店的店員這就夠我傷腦筋了。如果她是在體育用品店賣球鞋，通訊行賣手機，或是乾脆賣男裝，那我都還有正當理由走進店裡，以顧客的身分同她攀談。但偏偏她賣的是女裝……更別提我與她的年齡差距，搞不好被當成怪叔叔給轟出店來。

我想了半天，竟想不出一個大男人該怎麼踏進這間專賣年輕女生的流行服飾店。家明看我半晌不說話便問道：「怎麼，這題很難嗎？」我白了他一眼：「簡直難到爆！你問得倒輕鬆，為什麼不自己去把把看。」

沒料到家明想了一下居然站起身來說道：「也對，兩個人一起去比較不奇怪，也可以壯壯膽。」他對我使個眼神像是說走吧，於是我也站起身來，硬著頭皮與他一同走向只不過幾步之遙，近在眼前卻又似非常遙遠的女裝店。

②

進到店裡，那女生還在忙著招呼先前的客人。家明信步瀏覽貌似隨意觀看狀，我乘機在一旁觀察那個女生。果然，聽她講話的童音與口氣，真就只是個十幾歲的小女生。眼睛戴著瞳孔變色放大片與長長的假睫毛，眼影與粉底都用得極重，彷彿她年幼的臉龐上硬是特意戴上一個成熟大人的面具。但看她的身形與舉手投足間，我真的懷疑她到底成年沒有。不禁在心裡浮出一個大問號：家明你到底想幹什麼啊？

那女生看我們兩個大男人走進這店裡似乎也感覺很奇怪，只匆匆瞄了我們一眼便又專心地招呼正在試穿的客人。我很快地想了想，天時地利人和，不管怎麼看，各種條件都不利進行搭訕。再這樣待下去，只會更突顯出我們的奇怪，也更加深她的戒心。

於是我靈機一動，很大方自然地走向那小女生說道：「小姐妳好，你們店裡的衣服很不錯，我妹妹應該會很喜歡，可以跟妳要張名片嗎？我讓她有空自己過來看看。」果然此計得售，她不疑有他便到櫃檯取了張名片交給我。

「可以叫你妹來找我喲，我叫小玲。」

出了店裡我問家明，那女生是誰，為什麼我們要特地跑來認識她？

家明有點沉重地嘆了口氣說道：「唉……接到了委託，交代要來關心關心她的近況，看看有什麼需要照料的……本以為是很單純的事情，沒想到真的要進行才發現其實很困難啊！」

「所以你也不認識她？」我問道。

家明搖搖頭。「不認識。我之前已經先來過兩次了……都只能遠遠地偷看她一會就走了，根本不知道怎麼辦啊！」

「什麼！你已經來探過兩次了？」這未免也太好笑。「既然你不認識她，那又是誰交代你要過來關心的呢？」

家明低頭不語又搓著他的左手，然後他抬頭對我說：「你幫忙想想辦法好不好？這是個重要的委託我一定要辦到，你想想看有什麼辦法可以認識她，了解她的近況？」

我感到家明真的束手無策，這件事好像非我不可，突然間一股萬丈豪情從心底升起。回到家之後，家明有隱難言，憂心忡忡的模樣浮現在我心裡。他的表情語氣，甚至神態之中，都隱約透露著一種貌似歉疚的過意不去。雖不能說是溢於言表，但依我與他的熟悉程度與默契，他因為某件事而掛懷，這我是確定的。但不知是掛念這個故作大人樣的小女生，還是在為難不知如何與她套交情？

我繼續盤算剛剛在服飾店裡冒出來的主意可不可行。

昨天，我的保險業務來找我。蒙她幫忙，我每次住院都有萬把塊可以領。昨天她要來跟我拿這次住院的收據等文件，來的時候還帶了一個新人。我的業務算是老派作風，是走溫情路線的鄰居媽媽型業務員。那新人也是女生，面容清秀青澀，卻也落落大方，沒什麼怯場怕生的模樣。

我把腦筋動到她身上，於是拿出手機撥給我的業務，說我有事要找她，還有那位新人。

③

隔天下午，我們在她公司樓下的咖啡廳裡碰面。剛坐下來，我的業務便把一個裝著現金的信封交給我，邊笑著說：「怎麼今天這麼好請我們喝下午茶？」

「自然是有事拜託囉。」我把小玲店裡的名片拿出來放在桌上，向她們二位說明：「這間店是專賣流行年輕女裝的，裡面有個店員叫小玲，我想請妳的新人幫個忙去認識她。」

我也曉得這麼做有些一廂情願，但沒想到我的業務完全會錯了意，哈哈笑道：

「你要把妹應該要自己去搭訕啊，怎麼可以請別人幫忙呢……」

我聞言差點跌倒，發窘地揮手說道：「不是把妹啦！人家年紀那麼小搞不好我都生得出來了……真的只是要認識而已。」

那新人接口說道：「您為什麼要認識她呢？」

這問題問得好。「欸……這個嘛……其實也不是我要認識，是我朋友想認識。我只是自告奮勇拍胸脯答應能搞定的。怎麼樣，願意幫我跑一趟嗎？」

「那您的朋友又為什麼想認識她呢？」

我想了想，才又說：「我也不知道。其實也不是真正要認識她啦，他好像只是想知道這個女生現在過得好不好這樣而已。」我越講越心虛。

那新人回頭望了我業務一眼，似乎是詢問她的意見。我的業務說：「不然這樣，妳要方便的話就去一趟，當作逛街囉。如果妳真的跟那女生認識了，到時候再回報也不遲。」

我趕忙表示贊同：「對對，就是這樣！」靈機一動，我把桌上的信封推到新人面前：「皇帝不差餓兵，妳去逛逛，如果店裡面有看見妳喜歡的衣服就都買了吧，算我送給妳的謝禮。」

她笑著說道：「好，那我就去試試看吧。真有趣。」

在家裡無所事事休息了幾天，心中的異樣感與違和感依然沒有退去。我還是覺得這裡是另一個平行宇宙，我不知如何掉進這裡。越是熟悉平常的事物我越感到陌生怪異，但我卻找不出任何蛛絲馬跡來證實我的感覺。

過了幾天，終於有消息傳來。

那新人果真了不起，去買了一次衣服就跟小玲交換了臉書跟 Line，每天有事沒事互通訊息，果然很快就變熟了。

原來小玲是從外縣市獨自一人來台北上班的，她去年才滿十八，剛成年沒多久，便迫不及待地搬出家裡，到台北租屋獨立生活。她說，關在家鄉好久，早就想出來看看這多采多姿的世界是什麼模樣。許是一人獨自在外不久，晚上下班後無聊也無伴，便常跟新人這個熱心的新朋友在線上聊天，加上年齡接近，小女生果然很快就達成任務。

交換臉書跟 Line，這招真是方便，我怎麼沒想到？

我問新人，妳怎麼換到的啊？

她說，這還不簡單，我要買的衣服沒尺寸，她要幫我調貨啊，不就要留電話了，那就乾脆臉書跟 Line 一起換一換啊！現在哪有人在講手機的啦。

我想想也有道理。果然年輕人有年輕人相處的方式。我真的老了這樣。

新人問，那我現在已經跟她變朋友囉，你們到底為什麼要認識她，現在我認識她了之後又要做什麼呢？問得是，這我也很想知道。

新人又說，我跟小玲約好下禮拜她休假，我們下午要一起逛街晚上要去吃火鍋喔。你們看看要不要一起來吧。

我暫時不置可否，只是又好好向她道謝一番，謝謝她解決家明的難題。她輕鬆笑答，沒事啦，我才要感謝您呢！謝謝您送我的新衣服喔，我買了好幾件都超好看呢！這任務超簡單的啊……。

我打電話給家明，跟他說我答應的事已經辦到了。

家明喜出望外，連口氣都激動起來：「真的？你真的辦到啦？哇，那真是太好了。怎麼樣，那小妹妹現在過得好嗎？」

沒想到平日淡定的家明竟然這麼興奮，真有點出乎我意料之外。到底這小妹妹是什麼人，家明跟她之間又有什麼關聯，連我也迫不及待想知道究竟。

我跟他說，我只知道一點點背景資訊，如果你想要知道更多，我還要另外託人去問。下禮拜有個機會與小玲一起吃飯，不如你自己去看個明白？

家明遲疑了一會才說，如果方便，不會打擾的話，那就一起去吃吧！

④

又見到小玲，她的裝扮還是同上次見面一樣。臉上眼影粉底依舊濃妝豔抹，戴著長長的假睫毛與瞳孔變色鏡片，這回手上還多貼了水晶指甲。我看著她這一身已經有點過火的打扮，與她舉手投足間依舊不脫的稚氣，實在覺得挺不相襯。

我與新人及小玲約在火鍋店門口碰面，家明說他要晚點才來。沒想到小玲居然還認得我，看著我就問：「原來你的妹妹就是她啊！你們長得很不像啊。」我只好隨口胡謅：「是表妹，表妹啦。」

可愛的小玲沒半點心機，反而很熱情地對我說：「沒差啦！反正謝謝你幫我介紹了一個好客人喲。」我感到有點愧疚，趕忙進去店裡拿位子。

我們點的是麻辣鴛鴦鍋，半邊紅半邊白。我每回看著這狀似陰陽太極的鴛鴦鍋，總有種正在「品嘗人生滋味」的錯覺。我們分頭去自助區拿火鍋料，一陣忙亂回來，我看到小玲面前堆滿了各式各樣的青菜。

我隨口笑問：「妳是吃素啊，怎麼拿了這麼多青菜呢！」

沒想到小玲回答我：「是啊，我從小就吃全素，已經吃一輩子了！」她手腳靈活地將各式青菜香菇豆腐一一下鍋，邊繼續說道：「可是現在一個人在台北，有時候吃全素不方便，就改吃鍋邊素囉，也免得給大家添麻煩。」

我也慢慢將肉片放入紅鍋，小玲邊幫忙邊說：「像我就超愛吃麻辣鍋的凍豆腐跟王子麵，你們這鍋有煮肉沒關係啦，我挑菜吃就好。」

看得出來小玲很愛吃麻辣鍋，雖然有自己的堅持但也不願掃了別人的興，感覺是一個善良又體貼的小女孩。

我們邊吃邊聊，問到她怎麼會吃素，她說從小家裡就都吃素，吃了十幾年也已經習慣了。新人接著說，妳們家是因為健康還是環保的關係才吃素的啊？還是有什麼宗教信仰？

肉片很快就燙熟了，我夾起幾片大口吃將起來。

小玲想了一下，邊弄著鍋裡翻滾的青菜說道：「應該是宗教信仰吧。我媽信教拜拜很虔誠，平日又在道場裡幫忙，她說殺生不好，要吃素養慈悲心，就規定我們全家都要吃素了。」

「是喔。」新人說道。「那妳不是少吃了很多好吃的東西？牛排漢堡鹹酥雞這些妳都沒吃過啊？」

小玲搖搖頭，從鍋裡撈起一大碗青菜。她吃了幾口又說：「沒差啦！反正也沒吃過，就不會想念那個味道了啊。而且吃素對健康也好，現在就算沒人規定我要吃素，可是聞到肉的味道我就想吐，也不會想吃了。」

她自然乖巧地慢慢吃著碗裡的青菜豆腐，口氣裡也沒什麼埋怨的意思。我又放了幾片肉片下鍋，突然覺得我這樣好像有些白目還是不敬似的。

小玲體貼地又說：「哎喲，沒關係你吃啦，不要受我的影響，不然就吃得不開心了。吃飯不開心會消化不良的喔。」

這小女生也太乖了吧，我心想。看著她五顏六色的臉，一身時下最潮的正妹裝扮，完全想不到也看不出，這竟是個長年吃素的女孩。

女生總是有辦法邊吃飯邊說話。沒多久小玲跟新人又嘰嘰喳喳聊起新流行的彩妝跟保養品，這話題我無法插口也沒有興趣，只好訕訕地吃著我的火鍋，再幫忙多拿了兩盤火鍋料。

我感覺小玲本性善良乖巧溫柔體貼，但不知為了什麼竟會一個人獨自在險惡的都市生活。從外表與言行上看，又處處流露出迫不及待想趕快長大的深深期待。她那信仰虔誠規定嚴格的媽媽，又怎麼會放心答應讓她一個涉世未深的小女孩獨自到五光十色的大都市來呢？

我想到家明所說，此事乃受人之託難以拒絕；會不會是跟她媽媽有關係？我決定待會有機會就要試探一下。

我聽她們聊了一陣，找到空隙便問小玲：「妳好像很懂彩妝喔？」

「對呀！」小玲點點頭，大大的耳環也跟著晃動起來。「我對彩妝超有興趣的。我希望有機會能夠去彩妝專櫃上班，多學一點專業知識。」

「這麼有興趣啊？」我問。

「嗯啊，我的心願就是有一天可以當彩妝師喔。我覺得把每個人臉上都畫得漂漂亮亮開開心心，不是一件很棒的事嗎？」

「那妳怎麼在賣衣服？」

「沒辦法啊，我去應徵了幾家，都說我年紀太小又沒經驗。我只好買些書在家裡自己看自己練習，哈哈。等過幾年年紀大點再試試看有沒有機會囉。」小玲笑笑地說著，似乎也不很把這挫折放在心上。

新人的臉上一副「這些我都已經知道了」的表情，偷看了我一眼，好像在說「你交代的事我已經辦到了喔，你要把妹要快行動啊！」

我對著正大快朵頤的小玲問道：「妳今天好像心情很好喔？」

小玲滿嘴的食物邊說：「對啊，好久沒休假，又難得可以跟朋友一起吃火鍋，超開心的！」

我決定出擊：「那妳怎麼會到台北來啊？妳媽放心喔？」

「當然是革命了好幾次才成功的呀！」她面上還是掛著微笑。

「妳跟妳媽吵架啊？」我追問道。

「以前啦，以前很常吵。現在搬到台北感情反而變比較好，就很少吵了。」

小玲說完抬頭左右各看了一下，然後小聲地又說：「我跟妳們講一個秘密喔。」

⑤

「我跟你們講一個秘密喔！」小玲神秘兮兮地說：「其實我是一個『鑾生』！」

「鑾生？」我張著嘴在心裡重複著，覺得這兩個字很熟悉，但卻一時不明白是什麼意思。

小玲看我跟新人一臉問號，便向我們解釋：「你們有聽過鑾門扶乩嗎？不是乩童喔。」我與新人對看一眼，請小玲繼續說下去。

「鑾門扶乩跟乩童是不一樣的，鑾門的鑾生被上身的時候，不會講話唱歌也不會操五寶亂跳。鑾生是拿筆的，神明會借用鑾生的手寫一些有道理的詩或是文章，然後我們收集一定數量以後就會拿去印。」

「拿去印？」

「對啊，我們鑾門的道場有固定在印善書拿去廟裡面放。善書的內容就都是鑾生幫神明寫出來的詩跟文章。」

原來是這樣啊……我看著眼前這位又潮又美的正妹，就算敲破我的頭都不會想到她竟然是一個扶乩鑾生！

我突然冒出好多問題，又興奮又緊張又好奇，不假思索就問她道：「那妳會被上身喔，上身是什麼感覺啊？」雖然之前我的手也被「借用」過幾次，但那畢竟是臨時客串性質，當時我也分得很清楚手是手我是我，不知道鑾生寫起字來是什麼情況？

「就很像在作夢啊。一開始會覺得有點熱，很像在泡熱水澡，然後頭就開始暈暈的，然後就模模糊糊啊，感覺手會想動。旁邊的大人就會把鑾筆交我手上，我就開始寫了。大概會寫一個鐘頭吧，有時候來的神明比較多的話，還會寫兩、三個鐘頭喔。」

「鑾筆是桃木筆還是毛筆？妳是寫在紙上還是在沙上？」我突然浮出幾個印象，隨口就問了出來。

「咦，」小玲奇道：「你也知道唷！這不一定喔，有的時候比較嚴肅，就會用桃木筆寫在桌上的沙子上，我寫一句就會有大人抄一句，等他抄完會有另一個大人把沙子抹平讓我繼續寫。可是有時候要寫的比較多，這樣太花時間，就會直接拿毛筆寫在紙上。」

「是這樣啊……」我又問：「那都寫些什麼呢？是有給人家去問問題的嗎？」

小玲說：「沒有耶，鑾門扶乩是不辦事也很少給人家問事情的。我們就只是傳達神明的旨意，講些勸世或著修行的道理這樣。平常要開堂的時候，也只有道場的工作人員，不會有外人在的。」

「為什麼啊？這樣香火哪會興旺啊！」新人也發問了，看來她滿進入狀況。

小玲又說：「因為我們道場的使命就是出善書跟教人修持啊，沒在辦事的。」

喔喔……我陷入一陣混亂，不知道怎麼調和眼前的矛盾與驚訝。

小玲自顧自又吃起鍋裡的凍豆腐，好像在說昨天去哪玩一樣的平常。

我忍不住又問：「妳當鑾生多久了？什麼時候開始的？又怎麼會去當鑾生呢？」

我講到這裡，發現這幾個問題還真熟悉！我不也這樣問過家明好幾次嗎？沒想到同樣的問題，我居然有機會問第二個人！

小玲頓了一下，臉色突然黯淡起來：「你們真的要聽嗎？」

「當然想聽啊。妳願意跟我們說說嗎？」我心裡暗忖，這恐怕是一段不大愉快的往事……

⑥

「我小學三年級的時候，我媽第一次帶我去道場。那天道場的『前人』也在，她看到我就抓著我的手，全身上下一直看了老半天，然後跟我媽說，妳這女兒是天生的鑾筆啊！後來她就去神桌前燒香拜拜，過了一會又跟我媽說，她跟神明確定過了，我真的是天生的鑾筆。

「那時候我也不懂什麼是鑾筆，可是我媽媽超開心的，她覺得這是一件很光榮很有面子的事情，就要我去受訓當鑾生了。」

小玲說到這，好像有點悶悶不樂。當時我也沒特別留心在意，只是繼續又問，當鑾生要受什麼訓練呢？

「很慘喔，後來我就搬到山上道場去住了。每天還是一樣要去學校上課，可是放了學不能出去玩，都要直接回道場寫功課。寫完功課吃完飯，到了晚上就要打坐。打完坐還要看很多之前『前人』寫的善書才能睡覺。道場在山上到了晚上都很冷，又只有我一個小孩子，無聊死了。」

「是喔……」我想到一個國小三年級的小孩子，能適應這種清苦的日子嗎？

「那妳在道場住了多久啊？」新人問。

「一直住到十七歲啊。妳知道嗎，道場很嚴格喔，只有週末可以回家住一天，剩下的時間除了去學校上課，都要在道場打坐，打掃，上課。而且『前人』說，要當鑾生一定要清淨，所以我一定要吃全素，也不可以跟朋友出去玩，連去逛街買東西都不行……」

「好慘喔，那不是跟出家一樣？也不能談戀愛了？」新人又白目地繼續問。

「對啊，談戀愛是嚴格禁止的喔！要是被抓到可能會被打死吧。反正我就是要在道場清修，然後就要練習被上身，練習寫字了。

「剛開始超緊張的喲。裡面很多師兄師姐在道場服務幫忙好多年，都還沒資格來當鑾生呢，我這個小孩只去了幾個月，就可以學習幫神明寫字了，其實想想也很緊張耶。而且我想這也算是做好事啊，後來就乖乖認真學了。」

我還是很難接受，便又問她，難道妳都沒想過要反抗或要逃跑？

「當然有啊！每個禮拜六回家的時候我都跟我媽說，我不要再去道場了。可是我媽……唉……她就很愛面子啊……她覺得家裡能出一個筆生為神明效勞，還是『前人』親自指名的，她覺得很驕傲啊。她根本超開心的好不好！我每次回家她都不問在道場辛不辛苦無不無聊，只會問我有沒有乖乖聽師兄姐的話，有沒有好好認真打坐，什麼時候要開始正式接鸞生這些有的沒的。」

「妳就這麼乖這麼聽話喔？」我又問。要是我早就逃家了！

「我當然有反抗啊，可是反抗也沒用。我爸跟我說，我媽早就整個村子都去講遍了我女兒在道場當鸞生喔。她那麼愛面子，早就講出去要讓大家都羨慕她了。我爸安慰我說，要是我放棄跑回家，我媽一定丟臉死了，以後在村子裡就再也抬不起頭都不用做人了！」

「嗯嗯。」我點點頭，心想這又像當兵又像出家的生活，可真難為了還在讀國小的小玲！大人的面子問題跟宗教信仰為什麼要強加在子女身上呢？

「那麼後來呢？」我忍不住繼續問，想把她的故事聽完。

「後來沒多久，我就正式當鸞生了。每個禮拜要開堂兩次請神明降臨，然後我從簡短的詩開始寫，一直到後來寫很長的文章。我媽我爸還有我姐都會來幫忙，所以一個禮拜還可以多看到他們兩次，道場的長輩也對我很客氣，就慢慢習慣了。

「我跟你說喔，後來我寫的文章真的印成書拿去廟裡放的時候，其實我有小開心耶！我想這也算是做好事，如果我寫的這些書有人喜歡看，能夠對他們有幫助，我也覺得挺榮幸的喔！所以後來在道場打坐讀書清修，就沒那麼討厭了。」

我想起大廟裡總有一個角落堆滿了這種勸世的善書，沒想到裡頭竟然有眼前這位正妹筆生寫的，想想真是不可思議！喔不，應該說是小孩寫的吧！

「那妳寫了幾本？妳還有留著嗎？」新人問道。

「哈哈，妳想看喔！有啊，我家裡還有留幾本啦。那時候每兩個月要印一本，所以應該出了好幾十本了吧。哈哈，給妳看我很害羞耶！」

我不知道是小玲天性如此善良溫柔，還是長年茹素與在山上道場那幾年的修持讓她這麼豁達堅強。小小年紀的她肩上竟要扛著完全與她不相干的責任與期盼，過著即使成年人都不容易忍受的清苦生活。這情操或許說不上偉大，也或許不是什麼多了不起的行為；但站在她面前，我不禁感到一陣羞赧與慚愧，心裡也對這個天真可愛的小妹妹，多了幾分尊重。

我尊重的不是因為她是鑾生，而是因為她真正是一朵出塵不染的蓮花。

我又想，那她怎麼會來台北呢？這段過程要不要繼續問下去？正猶豫不決的時候，我看到家明推開玻璃門走進來。

⑦

家明走進來在小玲對面坐定，我邊跟大家介紹邊幫他盛了一碗火鍋料。

小玲看著家明說，你有點面熟喔，我們好像有見過吧。我正想接話……

「咦，」小玲突然叫了一聲，有點驚訝莫名地說道：「為什麼你坐我面前我會有一種回到道場的感覺呢？」她的表情滿是驚奇。

家明放下碗筷，對她微微一笑，小玲此時雙眼失神，頭也開始輕輕晃動起來。

我們俱都吃了一驚，但小玲好像神志未失，意識還有幾分清醒，雙眼似閉未閉。

我聽到她緩緩慢慢地小聲說著，又來了……就是這樣……好像在泡熱水澡……頭昏昏的……頭昏昏的……

新人趕忙扶著小玲肩頭，我同樣是滿臉錯愕看著家明，他微微笑說：「沒關係，不要緊的，一會兒就好了。」然後他也閉上了雙眼。

我環視周遭，心裡暗暗焦急，將近客滿的火鍋店，這齣戲真的要在這裡演麼？

好一會，小玲終於停止了晃動，眼睛慢慢睜開看著家明，一雙大大的眼睛裡似乎閃著幾許淚光。

家明也張開了眼，他臉上還是那個親切溫柔的笑容，對著小玲輕輕說：「妳剛剛都聽見了？」小玲用力點點頭。

「聽明白了？」小玲又點點頭。

「『祂們』真的很感謝妳過去的服務與效勞，過去這些年，妳真的也辛苦了！」

小玲兩行眼淚終於流了下來，她小聲說道：「『祂們』沒生氣吧？」

「當然沒有啊！祂們真的很謝謝妳喔。祂們沒生氣，還是很關心妳的……」家明繼續說：「祂們跟妳媽媽一樣，都很擔心妳一個人在外地獨自生活，會掛念妳的呀！有空要常常回家看看爸爸媽媽，也歡迎再去道場玩玩看看祂們喔。」

小玲哽咽說道：「嗚嗚，我知道，我會的。」

「人生的選擇有很多，妳要走自己的路，過自己想要的生活，祂們當然尊重妳，也祝福妳。妳已經付出了很多，犧牲了很多，現在終於等到成年，迫不及待要體驗這多采多姿的花花世界，想要彌補過去留下的空白，祂們也能理解；祂們只是想提醒妳，不要忘記過去那段日子，今後要認真生活，不要學壞了喲。妳負氣離家出走搬到台北來，祂們根本沒生氣，只是替妳擔心。希望今後妳好好照顧自己，也希望妳之後不要再跟媽媽吵架了喔。知道嗎？」

小玲哭花了妝，兩行黑色的眼淚一直沒有停。

我轉頭看向家明，心想，原來這就是你接到的委託，要認識她的原因！

離開火鍋店，小玲開心地跟家明揮手道別。我答應小玲會幫她打聽彩妝專櫃的工作機會，也會幫她多介紹朋友來買衣服。她笑得很開心，但好像也不是很在意，笑著說謝謝，怎麼好意思麻煩你，那下次請你們吃飯喔。說完她跟新人就又繼續轉戰下一攤甜點店了。女生有兩個胃，果然又一次得到證明。

我與家明都還不想回家，隨意漫步在西門町街頭。周邊的商店裡頭賣的是我們已經不會動心想買的商品，身旁的行人不是學生就是年輕男女，神采飛揚巧笑倩兮。我與家明一路無語，似在憑弔我們已飄然遠走的青春時光，也似在悼念曾經擁有的純真年少意氣風發。

我想到小玲還來不及長大，就被迫踏入極度複雜社會化的環境；又想到今晚我無端讓她回顧過去沉重的往事與回憶；因為我個人的疑問與好奇而逼她舊事重提，換一個角度再想想，這麼做其實也是一樣的自私，一樣的殘忍無情！

我跟隨家明輕鬆的腳步，享受夜風吹襲。我心想，或許，關於家明的種種問題還是順其自然，無須刻意再提了吧。

後來。

幾個月之後，我在小玲的臉書上看到她回去道場玩的照片。

她換上一襲青衣長袍盤起髮髻，臉上的濃妝打扮已經全部清洗乾淨。

我看到她站在神桌前，洗盡鉛華神情愉悅，清新秀氣的面容上，展露出一個自然開心的笑顏。

滴水穿石

王小姐母女親切盈面的笑顏，熱情誠懇的姿態，
動聽溫柔的言詞與桌上閃閃發光的鈔票，更有張太太需索無度的嘴臉……
這裡頭，到底誰可惡、誰可恨、誰可悲、誰可憐、誰可怕？

晚上十點。

我剛結束在這大公園的兩個鐘頭夜跑，正放慢速度調節心跳與步伐。夜風不疾不徐地吹在我身上，非常涼爽舒服。運動流汗過後的暢快感，讓我感到心曠神怡神清氣爽。這時耳機裡的音樂被一陣來電鈴聲打斷。我懶得拿手機出來看這不速之客是誰，順手按了耳機上的按鍵，喘吁吁地喂了一聲。

耳機裡傳來家明的聲音：「在幹嘛？要不要來幫忙？」

我滿頭大汗喘著氣，繼續進行我的和緩動作，邊找出換氣的空檔，斷斷續續地回答家明：「怎麼啦……呼呼……什麼事……呼呼……要我幫忙？」

家明答道：「出了點事，我人還在現場，要不要過來？我把地址傳給你。」

「喔……好啊……我等等……過去。」我按掉電話，轉身往停車場的方向走去，一頭一臉的汗繼續地流著。

對於家明來電這樣子的事情，現在的我已經不感到新奇或有趣。只是有些沉重與茫然，還有一點點的壓迫感。雖然我大可找個藉口搪塞過去，但我並不想欺騙家明。我只知道，不論我情不情願，這趟暗黑之旅我若不下定狠心徹頭徹尾走完，只怕這場試煉會沒完沒了地持續下去。

剛剛的暢快感差不多都已經消失殆盡了，身上頭上還是不斷地冒著汗。要打開車門之前我抬頭望了一下眾星稀疏的夜空，一輪新月躲在雲層後頭。我在心裡想著：哎，我能先回家洗個澡換個衣服再過去嗎？

①

近年來，將舊大樓改建成有特色有設計感的旅店，似乎蔚為風潮。不論是主攻背包客、商務客，或自由行的旅客，這類舊大樓改建，或老飯店翻新的建築物，在市中心的鬧區已經越來越隨處可見。是景氣復甦還是觀光業真的迎來一片榮景？這不得而知。但這些年來的都市風景，確實是流行起這許多嶄新美觀，設計感文創味十足的新穎旅店。

而站在我面前的，就是這樣一棟舊旅館改建而成的新飯店。

這間一整棟的旅店，大約有十來層。晚上十一點多，我站在屋外頭向裡面望去，還有一些木作與油漆的施工用品擺在牆邊。我推門進去，迎向我的是一名保全，我同他說，我來找人，我朋友在九樓等我。他馬上哦的一聲：「你是找來拍片的王某某小姐他們吧！」

王某某小姐！我在心裡暗想，這不是那個走紅演藝圈近二十年的巨星嗎？怎麼家明今晚的事竟跟演藝圈有關？

我看看周遭的模樣，便問那保全，「你們飯店，還沒開始營業嗎？」那保全答道：「我們飯店已經差不多都完工了，預定下個月要開幕。只剩下你看到的一樓大廳這個部分，還在做最後的細部調整跟收尾。」

「嗯……」我點點頭，我又指指樓上問他：「那王小姐他們，在樓上幹嘛？」「喔，他們是來借我們飯店拍片的啦。王小姐他們很敬業喔，早上十點多就來了一直拍到現在。我們的九樓是最有時尚特色的樓層，不但房間漂亮，還特地闢了一個公共區域當交誼廳，那裡看出去啊，夜景可漂亮了！他們真有眼光！」

經過與保全的交談我才知道，原來影歌視多棲的紅星王小姐，又要發新專輯了，他們今天是來此借景拍攝ＭＶ，也順便拍攝唱片封面宣傳照的。

我走到電梯前按下按鈕，一邊在心裡想著，家明怎麼會在ＭＶ的拍攝現場？

電梯門一打開，馬上一陣寒氣迎面襲來。我一時分不清楚，是九樓的空調開太強，還是現場真的有什麼問題。我打了個冷顫，緩慢向前走去。

首先映入眼簾的，在我正前方的盡頭，是靠著大片落地窗的一張大床。床邊架了幾組燈光與柔光傘，還有攝影機與腳架，旁邊還有一組搖臂與軌道。大床的造型與床上的擺設裝飾都很華麗，有點巴洛克風格的味道。由大片落地窗望出去，可以看見點點燦爛的燈火。這該就是剛剛保全說的交誼區了。

我的左手邊是劇組人員，幾張摺疊椅與監視器，收音麥克風與音響，還有一地的報紙、飲料、便當盒。他們三三兩兩聚著，交頭接耳低聲說話。還有幾個比較年輕的小朋友，正坐在地上滑手機。

右手邊，是一組設計感十足的沙發。王小姐蜷縮在一張單人座沙發上，身上裹著大毛毯，頭髮散亂，臉上的妝已經糊了。兩位小姐陪在她旁邊，一人站她身後用手在幫她按摩肩膀。另一人陪在一旁輕聲與她說話，手上捧著個保溫瓶。

而家明正蹲在王小姐身前，雙手緊握著她的雙手。他原本低頭閉眼，只是這樣靜靜地握著不動，待我走近他身前，他抬頭望了我一眼說道：「你來啦！太好了。」

②

嗯……我遲疑了一下。環視周遭，這是個挺正常的拍攝現場，但不知怎地，現場氣氛卻異常沉重，人人表情嚴肅，甚至稍有驚恐。我瞧了一下王小姐，她看來相當虛弱，閉起的雙眼，看來像是哭過，偶爾還有淚水流下。濃妝已經糊掉的臉龐，竟是異常地蒼白，一點血色也沒有。她急促地呼吸著，裹著的大毛毯，可以看出她胸口不斷地高低起伏。這根本不是螢光幕前的紅星，反倒像是什麼社會新聞案件裡的被害人。

這時家明鬆開她的雙手，站起身把我拉到一旁。王小姐被他這個舉動嚇了一跳，睜開雙眼，臉上一個驚恐失措的表情，似乎是害怕家明竟這樣丟下她。

家明將我拉到床邊的大落地窗前，輕聲對我說：「她在床上拍片拍到一半，被壓了！我剛剛才穩住她，你仔細看一下現場，留心！」語畢家明又蹲回王小姐的身前，一手繼續握著她的手心，另一手按在她的背心，又閉上了雙眼。

我還來不及問家明他怎麼會出現在這裡，但聽得他如此慎重吩咐，我轉過頭，認認真真地盯著這個九樓再看。

待我靜下心來，仔細嚴肅端詳一番，這個偌大的空間裡，竟然是鬼影幢幢！我看到許多黑色身影，滿滿的到處都是，擠得水洩不通像是夜市廟會一般熱鬧，只有在床邊與沙發旁，還能留下兩處空白。甚至在不遠的層層鬼影之後，我還可以看見幾張醜陋的面孔，拚命伸長了脖子往前擠，或是四處張望打量！

真是要命了！

這哪是飯店，這根本是一間鬼屋吧！我在心裡暗暗慘叫。這下該怎麼辦呢？

當下心裡雖然害怕，但幸好，這許多鬼影似乎沒有傷人之意，他們除了數量實在多到嚇人，以及露出了張張醜陋的臉孔到處張望之外，並沒有任何蠢動，也沒有刻意接近任何人，甚至還若有似無地與我和家明保持距離。

我這樣看了一會，確定情況似乎真是如此，暗自鬆了一口氣，又看向家明與王小姐那邊。王小姐身後幫她按摩的小姐，後來我才知道是她的經紀人，這時輕聲地講著手機。我看她嗯嗯唔唔了幾聲便掛掉電話，向王小姐說道：「王媽在路上已經快到了，她要妳再忍耐一下，她馬上到。」

家明站起身來，細細查看了王小姐一會，然後輕聲問她：「現在如何，還害怕嗎？還有不舒服嗎？手腳不冰痲了吧？」

王小姐小小地點了點頭，又繼續蜷縮在沙發上。

家明走過來向我低聲說道：「你能幫我送她回家嗎？她雖然看來穩定，可是還沒回過神來，還需要仔細照護。」他轉頭看向四周，繼續對我說道：「可是現場你也看到了，還這麼多人，我不能放下不管。怎麼樣，我們兵分兩路，你先替我陪王小姐回家，我留在這裡等所有人都安全離開，把現場『這些』處理完，再過去找你。」

我想了一下，好像真的只能這樣，遂點頭說好。「但是，」我問道：「跟著她回家我該做些什麼？能做什麼？」

家明接口說：「我準備些東西給你帶著。」

他走到一旁，拿起放在桌上的一個包，從裡面拿出紙筆，在桌上快速地寫著。

等到他寫完了幾張紙，又細細交代我如何使用之後，王小姐的媽媽也到了。

③

王媽媽看來是一個堅毅剛強的婦人，與王小姐有六七分神似，想必年輕時也是個風情萬種的美人。在這慌亂的現場，她倒似顯得與家明一樣的鎮定。她來到王小姐的身旁，經紀人上前招呼，向她說明今晚發生的狀況，又介紹了家明：「幸好一個製作人朋友給了我家明的電話，今晚多虧有他趕來幫忙，我們真是嚇死了……」

原來王小姐ＭＶ裡頭有一場在床上翻滾唱歌的戲，試拍了幾次都沒事，沒想到正式來的時候，她竟然被壓了！眾人只見王小姐突然四肢僵硬動彈不得，兩眼發直，頭部不斷扭動，嘴巴張得老大卻只能發出啊啊的聲音。眾人也都被嚇呆了，一時反應不過來，不知如何是好。幸好這時有一位見多識廣的攝影大哥叫出來：「她被壓了！快把她拉下來！」現場幾位壯漢趕忙上前將王小姐扶離開床，只見她雙眼翻白，嘴角流出白沫。雙手環抱著肚子，蹲在地上大聲乾嘔。一直到家明趕到，才把她的狀況穩定下來。

王媽媽坐在沙發上，抱著她還在發抖的女兒，聽著經紀人說明晚上的情形，邊客氣地對家明點頭致意。

家明走前一步說道：「王媽，到底發生什麼事我們就先不細說了。現在最重要的，是趕緊帶王小姐回家休息。我備了一些東西，交給我朋友。」說著向我一指，「如果方便的話，我想讓他陪著妳們回家，王小姐只是暫時穩定下來，還需要好好地整理一下。我等這邊的事處理完，再趕過去會合，您說這樣可好？」

王媽很快地點頭說好，沉穩而堅定地說：「好的，那就麻煩二位，多辛苦了！」

此時我突然浮出一個直覺念頭，好像王媽媽對「這種事」很有經驗，並不是第一回遇到！

「好，」家明一擺手說道：「那麼你們快先回去吧，我隨後就到。」說著他又走向劇組眾人，請他們也收拾東西離開。然後我看到他捲起袖子，站立在這張大床前，雙眼闔上，靜靜地站著等待我們離開。

王小姐與王媽，還有我與經紀人，一同坐上了已經在大門口等待的黑色保姆車。這車裡相當寬敞豪華，配備設施應有盡有。車上只有我這一個莫名其妙上了車的陌生人，頓時覺得有點尷尬。王媽在後座輕聲安慰著王小姐，我坐在前座，不知這車程有多遠，又不知該尋些什麼話來說才恰當，只好悶著頭拿出手機，打開網路連線。

我搜尋了王小姐的名字，前面幾頁都是新舊娛樂新聞的相關連結，反正我左右無事，便繼續一頁一頁地看著，突然我看到一個連結標題點了進去，原來，王小姐今晚的卡陰撞邪，竟不是頭一回！

我又陸續看了幾篇新聞報導，原來王小姐自小就有敏感體質，要是去到某些「不乾淨」的地方身體就會有反應。不論是在外地的旅館，拍片出外景的野外現場，甚或是熱鬧的市區，只要稍有不對的地方，王小姐身體馬上就會有反應。有時只是胸悶胃痛，有時是作嘔想吐冷汗直流，有時高燒不退頭痛欲裂，也有時是渾身發抖直打冷顫。

王小姐自十六歲時被發掘去拍廣告而入行以來，其實在工作場合遇到這些狀況已經許多次。但不知是她堅毅過人，抑或是柔順強忍，如果只是小小的不舒服其實她並不會說。因為她認為如果為了她個人的問題，而耽誤了整個團隊的工作進度，以她一個新人而言，是很過意不去，甚至會影響演藝事業發展的。

不過到後來，王小姐日漸走紅，演藝事業的版圖逐漸擴大，影視多棲，受歡迎的市場也延伸到東南亞及北美的海外華人市場，並加入了一個優秀的經紀團隊；她敏感體質的問題開始受到重視，她也比較敢當下便講出她的不舒服，不需要硬撐到工作結束。

車子快速而平穩地奔馳著，我坐在前座看手機，偶一抬頭，竟看到我們已經是在高速公路上！「到底還要開多久呢？」我悶哼了一聲，只好低頭繼續看網路的舊聞報導。據我所知，演藝圈對這類事，其實比一般人還更相信。不論是藝人自己還是公司，總會認識（甚至包養）那麼幾個所謂的「老師」，算筆劃取藝名，看發片上市的良辰吉日，甚至處理些疑難雜症。而魚幫水水幫魚，我們也總會看到一些這樣的老師以演藝紅星做為自己的活招牌代表作以招攬生意。

透過網路的連結，我又跳著點看了幾則這些老師與藝人的介紹報導。經紀人與王媽在後座有一搭沒一搭地小聲說話。我放下手機揉揉眼睛，這時我剛好聽見經紀人說：「王媽，怎麼這次阿琪出事不找張太幫忙啊？」王媽沒答腔，只是唔了一聲。但這句話，讓我上了心。

④

我悶悶地又爬了些網路舊聞，此時我注意到車子已經開在一段上坡的山路上。我朝外左右望了望，原來王小姐家是住在這個城外郊區半山腰上的別墅區。

待車子停好在門口，經紀人與王媽扶著王小姐進入客廳，司機先生也幫忙提著幾個大袋子進來。一個外傭從廚房出來手上捧了杯茶端給我，並示意我到起居間稍坐。我訕訕地喝了幾口茶，王小姐、王媽與經紀人也都過來了。

王小姐已經換好了輕便的居家服，臉也是洗乾淨了的一張素顏。其實我倒以為她素顏還比較漂亮。我待大家坐定，將家明準備的東西拿出來放在桌上，並一一講解家明交代的使用說明。我跟她們都是第一次見面，坦白說，囑咐這些事情我頗有幾分心虛。但王小姐不以為意，她這時又回到平日待人接物客氣有禮的模樣說道：「今晚真的太感謝家明哥了！說真的，我遇到這種狀況已經算很有經驗了，不過像今天晚上這麼可怕的還真是第一次……實在太恐怖了……不過家明哥一到現場我馬上就覺得安心多了，尤其是他一握住我的手，我就知道我得救了……真是太感謝了……」

王媽與經紀人也一同答腔稱謝，我其實卻之不恭受之有愧，只好尷尬地轉移話題說道：「王媽您們太客氣了，這都家明交代的，」我指著桌上的東西，「王小姐您先拿去洗個澡吧，等您洗好我看看狀況，這裡還有兩個東西要用。」

王小姐馬上拿了就上樓去洗澡，經紀人也自告奮勇上去陪伴她，就留下我跟王媽在這個大起居間裡。王媽起身為我又加滿了茶，說道：「今晚真多虧家明跟您的幫忙了，還麻煩您跑一趟到我們這麼遠的地方，實在不好意思，改天找機會讓我們請您跟家明吃個便飯，讓我們好好地謝謝二位。」

我謙遜了一番，王媽繼續跟我閒聊，等到她終於搞清楚原來我只是家明的朋友（或助理？），她談話的重心，或說問題的焦點，始終圍繞在家明身上。

家明是什麼樣的人？做這樣的事有多久了？經驗可豐富嗎？平常在哪裡服務？屬於哪一類的宗教法門？有沒有信神明？有沒有拜菩薩？白天有在上班嗎？找他的人多不多？平常忙不忙？有沒有特別專精的領域？什麼種類範圍的事情可以找他？收費如何？今年幾歲？結婚了沒有？家住哪裡？

王媽唏哩呼嚕連珠砲似地問了一大串關於家明的問題，剛開始我還勉強可以堅定地維持三個標準答案：我不知道，我不清楚，這妳要問他；但到後來她越問越熱切，越問越心急，越問越離譜，搞得我在心裡大叫：妳是在審犯人還是挑女婿啊啊啊！

我不知道王媽心裡頭有什麼盤算，但她問得這麼仔細這麼個人，已經超過正常的界線了；再加上我剛剛在車裡頭聽到的那句：「王媽怎麼這次阿琪出事不找張太幫忙」，雖然不明究竟，我疑竇已開，慢慢對王媽起了戒心……

終於，王小姐好容易洗完澡下樓來，我看她臉色已經恢復紅潤，眉宇之間的神色也已經穩定下來，我閉上眼看了一次她身上的氣，再握了她一會手，確認她已經都很「乾淨」了，大家總算都鬆了一口氣。然後我又跟她交代了家明準備給她睡覺要放的東西，心想這裡應該算完，怎麼家明還沒有消息？

趁著王媽把王小姐拉過去看個仔細的當兒，我走到門口拿出手機打給家明。「嗯，喂，家明，我這裡已經好了，對，她洗好了、我也看過了，都沒了很乾淨，人也平靜多了，還滿穩定。怎麼樣，你那邊呢？」

家明那邊也差不多要結束了。他說如果我這邊一切正常的話，沒什麼特別的事，這麼晚了他就不過來了，我們明天再碰頭。

我看看手機都快三點了，也就走回去跟王媽她們告辭。王媽與王小姐又再愛屋及烏地千謝萬謝一番，堅持讓司機送我下山。

回家的路上我心想，以後出門跑步一定不要帶手機在身上。

⑤

隔天我睡到下午一點才起床。打給家明，他也還在睡。我跟他喊肚子餓，要他請吃飯，於是下午三點，我跟他一起去吃港式點心飲茶。

我們邊吃邊聊，講到昨天晚上那個飯店，家明說：「你知道那飯店之前是一棟有名的鬼屋嗎？」我乍聽之時，心裡頓了一下，想了想，搖頭說我不知道。

家明夾了一塊蘿蔔糕放在盤裡繼續說道：「其實我今天早上九點才上床睡覺。昨天回到家我又上網查了些資料，那家飯店，根據我查到的，其實已經荒廢了好幾年，而且中間轉了好幾手，每個老闆都經營不了多久就收掉了。這當中有很多傳說呢！有篇網路文章，還把它列入十大有名鬼屋之一喔。」

喔？不知道是不是沒睡飽，我沒多大心情搭理家明查到的資料，所謂事不關己己不關心，但我還是接口問：「那，你本來知道這間鬼屋嗎？」

「嗯，我好像幾年前有聽說過，但沒什麼具體印象。」家明說道。

「那你昨晚處理好啦？」我夾起一條春捲，大口嚼起來。

「我只是把他們趕開而已。」

「趕開？」我奇道。

「嗯。我的重點，只是保護在場的人平安離開而已。其他的，就先不管了。」

「可是，那裡那麼大一群耶，而且還有幾個色鬼去欺負人家女生，這樣可以不用管嗎？」家明的處置辦法倒有點出乎意料。

「那幾個比較過分的我是處理走了。但剩下的那些，人家也在那裡那麼多年，不是可以說動手就動手的。」家明似乎不以為意。

「怎麼說呢？」我續問道。

「『醫不扣門』這你有聽說過嗎？找我的是拍片遇到麻煩的人，不是業主啊！你說我怎麼動手？人家不知道花了多少錢買下這間老飯店改建，都還沒開張做生意，我們就說人家飯店如何如何，是犯傻嗎？退一萬步說，就算我們真的要處理這飯店，難道不需要先徵得業主的同意嗎？人家會隨隨便便讓我們兩個陌生人進去，愛怎麼搞就怎麼搞嗎？

「佛度有緣，該我出手的我絕不會怕事。但因緣不成熟或條件不允許的，我們必須有能力管理好自己你懂嗎？熱心助人與好管閒事的界線有時候是很窄的。」

我喝口茶，想著家明所說的話，與昨晚那旅店裡的鬼影幢幢，心裡五味雜陳。一陣沉默後我跟家明說：「其實昨天我也有查到些東西。」我把王小姐敏感體質老是卡陰撞鬼的新聞報導跟家明說了。他並不特別驚訝，好像早已知道成竹在胸似的。我接著又把昨晚王媽有點過火的盤問，以及經紀人提到的怎麼不找張太，一併都跟家明說了。

家明聞言皺起眉頭不作聲，又吃了塊蘿蔔糕喝口茶。他看著桌上的菜餚點心不說話，似在整理思緒也似在想該說什麼。

過了好一會，他終於慢慢開口：「其實張太太這人我可能知道……我網路上查到的資料裡頭也有她的新聞……如果我所料不錯，之前應該是這個張太太固定在處理王小姐的狀況，說起來，我可能十年前就聽說過她了，唉，應該是她沒錯……」

我好奇心大起，怎麼家明竟會知道這個全然陌生的張太太？

「嗯……我記得她還出過幾本書的樣子……一會我們去找找，你看了就知道。」

我當下馬上加快腳步，風捲殘雲似地把桌上的點心都吃完，抹抹嘴跟家明說：「吃好了，我們走吧！」

⑥

家明領著我到這大書局的專區，在幾個書櫃裡細細尋找良久，終於找到一本張太太所出的書。

這是一本自傳式的書籍，有幾位名人寫的推薦序，也有她處理過的案例紀錄，更有她怎麼開始這些工作的成長故事。

我拿起書大致翻了翻，快速地瀏覽，然後停留在主要講張太太成長生平的部分：張太太原本是一個平凡的家庭主婦，在自家巷口經營一家早餐店。在二十八歲那年，無端高燒一個多月不退，遍尋名醫都不見效，直到有次經人介紹到某宮廟問事，才知道原來高燒是另有緣故，廟方言道她必得為神明效勞，為眾生服務。張太太原本摸不著頭緒，但說也奇怪，當天晚上之後張太太高燒竟不藥而癒，根據她自己書中所說，當晚她作了許多夢，醒來之後不但高燒已退，而且她發現自己多了一些特異的「能力」。而從此之後，每晚總有許多夢境教她許多事情，她發現自己的能力越來越強，範圍也越來越廣，終於半年後的某一夜，夢境裡有個聲音告訴她可以出來為眾生服務了。於是張太太利用中午就打烊的早餐店，在下午時段開始對外服務接受問事，還兼營下午茶。

張太太的能力或許真有獨到之處，用不了多久，名聲就打響了。每日下午排隊掛號的人潮絡繹不絕，幾乎可以用門庭若市來形容。張太太精力有限之下，只好改採預約制度，並且每日限定名額。據說，有時候掛完號還要等上兩個月才能見她一面。

看到這裡，我大致上對張太太有所了解。這樣的故事，總是大同小異，我也不特別驚訝。但我比較好奇，家明怎麼也知道她？這兩個人之間有什麼故事嗎？為什麼他十年前就知道的這個人，十年後又再度交會？

我們走出書店，在旁邊的公園坐下來。

家明對我說：「十年前，我去那裡吃過兩次早餐。」

我笑道：「怎麼你也去排隊問事啊！」

家明搖搖頭，繼續說道：「那時候她的早餐店離我以前念書的學校很近，那一帶我也算熟門熟路，所以當時我聽幾個身邊的朋友提起去過那間老闆娘很厲害的早餐店，就找機會去吃了兩次早餐。

「那時候，她還不需要預約掛號，我大約是十點多到的，店裡頭還只是單純吃早餐的客人。我看她很認真工作，對客人也很誠懇招呼，也沒多說什麼，吃完早餐就走了。呵呵，不瞞你說，其實我還滿想也給她問問事的。」

「嗯，」我答了一聲。「那怎麼會去第二次？」

「後來我聽說了些關於她的消息跟傳聞，你知道，世界很小的。我再去的時候，早餐店已經頂給別人在經營了。我跟新的老闆打聽才知道，原來她離婚了。早餐店頂給別人之後，在附近不遠的地方找了個店面改開咖啡廳，繼續她的問事生涯。這時候她已經是小有名氣，我在網路上輕易就查到她的新店址，就過去喝了杯咖啡。我到的時候，剛好有幾個人必恭必敬地圍著她請教事情。她也不再親自招呼客人，店裡只有一個服務生，煮出來的咖啡也不算好喝。我感到氣氛跟當年那個溫馨的早餐店大不相同，勤奮誠懇的老闆娘在眾人的包圍之下已不復見，看來竟有幾分趾高氣昂似的。

「說也奇怪，她店面的採光其實很好，日曬陽光都很充足，可我總覺得店裡冷冷暗暗的。我又坐了一會，覺得這咖啡著實難喝，屋子裡排隊的人漸漸多了，我開始感到一陣烏煙瘴氣，就結帳走了。」

嗯……我聽著家明訴說往事，大概可以猜到是怎麼回事……我一轉念又問：「那你怎麼知道王小姐以前的事是張太太在處理？」

「昨天網路上看到的。我知道這兩個人認識，但到底交情多深，王小姐是不是固定都找張太太幫忙還不敢確定。不過，我心裡有數。」

我側著頭，又想起經紀人說的怎麼不找張太處理，還有王媽媽的態度……不知道這裡頭有什麼戲嗎？

這時家明的手機響起，他接起後簡單嗯嗯了幾聲，說道好啊好啊謝謝就掛斷了。他轉過頭來對我說：「王小姐一會請吃晚飯，要去嗎？吃魚翅喔！」

⑦

我們在這間大包廂裡坐下來。偌大的包廂足可容納十多人，但入席的不過只有我們五個：我與家明，王小姐、王媽，以及她的阿姨。

只不過隔了一晚，王小姐今天看來氣色極好，雖然只上了一點適宜的淡妝與輕鬆休閒的打扮，但依舊散發出她動人的明星光彩。王小姐一點架子也沒有，非常平易近人。她親切地招呼我們，點了一桌豐盛的魚翅席。

她對我們的態度，就像是已熟識多年的親密好友一般，昨晚的事絕口不提，也不再多禮道謝，場面控制得極好。我也知道再道謝下去只怕沒完沒了，而且氣氛也顯尷尬；所以王小姐把場面氣氛弄得好似一場親密好友的聚會，確實相當合適圓滑。果然，她能在人心複雜多變的演藝圈打滾近二十年始終屹立不搖人氣不墜，確實是有幾分道理與功力的。

今天的她不再是昨日的弱女子，而是一個親切可人的演藝紅星，與媽咪的乖女兒。

菜送上來擺了滿滿一桌，確實點了不少。王媽招呼我們盡情享用，王小姐跟阿姨閒話家常，也不忘結結實實地誇了家明與我一頓。先說功力高強，再誇見義勇為，真是難能可貴。她也感覺非常幸運，可以遇見我們倆。

雖然我覺得她與我們只是初識，誇獎到這般地步又表現出好似我們是多年密友的模樣，會不會稍嫌過火？但在江湖上行走，花花轎子人抬人，這也是沒辦法閃避的事。我與家明互望一眼，心想乾脆妳們說妳們的，我們吃我們的好了。

雖說禮多人不怪；但禮下於人，必有所求。就算只是稱讚的言語，還是不要輕受的好。魚翅雖然可口，但我暗藏戒心，竟有點食不知味。看著面前一桌的美食佳餚與熱情招待的大明星，我這樣，算不算小人之心？食不知味，是不是活該？

好不容易終於吃到尾聲，侍者送上水果與咖啡茶點，這時王小姐將椅子拉靠近家明，表情誠懇略帶委屈地說：「家明哥，這次真的多虧有你，你不要再這麼客氣，以後我們就是好朋友囉，你說對不對！」語畢舉杯，以茶代酒，敬了家明一杯。家明趕忙也舉杯飲盡，連聲直道不敢。王小姐又倒了一杯茶敬向我，我也訕訕笑著回敬。王小姐握著家明的手，張大了眼睛鄭重地又說一次：「那家明哥，以後我們就是最好的朋友囉！」

王媽與阿姨也舉杯向家明與我敬過來，笑著說道：「家明你們兩位昨天辛苦了！以後我們家安琪就要麻煩你們多照顧了喔！她常常在外面東奔西跑，工作排得非常緊湊，一個月在家裡也住不了幾天，在外面又老是因為敏感體質遇到麻煩，哎，如今遇到兩位，我總算可以少操點心啦！真是謝謝你們喲。」

阿姨也接口說道：「是啊，我們安琪從小就是最乖最懂事的了！年紀輕輕就賺錢養家，不管賺多少一定全部拿回家，還給我們買了好幾間房子，我們安琪這麼乖這麼善良，又聽話又孝順，一定會有好報的，對不對！」

我與家明面對如此這般的熱情，實在有點臉紅發燙汗流浹背，真是招架不住。只好訕笑連連胡言推辭，現在回想起來，都不知道自己當時答了些什麼。

這時家明終於開口：「我聽說，有位張太太，之前王小姐的問題不都是請她處理的嗎？」

家明話剛說完，王媽等三個人的臉色都變了。

王小姐果然不愧是演藝圈出身的，她馬上換出一個委屈的表情說道：「是啊……唉……家明哥我跟你說，人是會變的……本來我遇到什麼麻煩問題她都會幫我處理的，而且都很仔細認真喔……我們紅包也沒少包，我覺得每次老是麻煩她很不好意思，所以都包特別大包喔……甚至她跟我們借錢周轉開咖啡廳也都是一口答應……唉……」說到這王小姐秀眉低垂，那模樣確實誠懇動人，她續道：「可是後來啊，每次我有事要拜託她，她都開好大筆數目，還說是神明交代的！我有一次只是感冒不舒服請她幫忙看看，她竟跟我說神明說這個很麻煩，要五十萬才能辦！還說如果不照做的話，神明會生氣！我不服氣問她，神明怎麼會開口跟人家要錢！神明哪會需要錢！而且神明怎麼會因為這樣就生氣，你說對不對？」

家明面無表情唔了一聲，我接口問道：「那妳有給她嗎？」

王小姐拉著家明的手又說道：「有啦，一開始只要她開口我們一定都辦到，可是越來越多次，數目越來越大，而且每次都這樣，我們能怎麼辦？有一次她還威脅我，說我不照給就是不聽話！神明會生氣懲罰我，我會倒大楣！真是太過分了！」

王媽這時也面容嚴肅地接口：「是啊，我們跟張太太其實認識好多年了……沒想到她後來整個人都變質了，所以我們現在有事都不找她了。她這樣忘恩負義，獅子大開口，哼，我原先還以為她是個好人呢！誰知道後來會變這樣……」說到這話鋒一轉，「不過幸好這次遇到家明，真是太好了，我第一眼看到你就覺得我們特別有緣……是不是這樣啊，安琪？」她轉頭問王小姐，她用力點了點頭。

王小姐又說：「家明哥我跟你說，下個月我要去大陸拍戲，可能要住超過三個月。我之前去拍戲每次都有狀況；那裡到處都不乾淨，我有時候連飯店都不敢睡……不知道你可不可以陪我過去拍戲呢，有你在我真的覺得安心多了喔……」

這時王媽突然從包裡拿出好幾捆厚厚的千元大鈔，竟連個袋子都沒裝，明晃晃的幾紮鈔票擺在桌上，我看了一下竟多達十捆！那不是七位數了嗎……

王媽慈祥地開口說道：「我知道家明很忙，要離開三個月也不是小事……可是安琪這個戲約很重要，一定要順利拍完才行……一切就請您多幫忙多費心了……」

這時家明突然從褲袋裡掏出手機，看了一眼說聲「不好意思我接個電話」，說畢就以手摀嘴拿著手機走出包廂了。

沒過一會家明就走回來。他對眾人說聲抱歉：「不好意思，另外有朋友出事了，我必須先趕過去。王小姐的事我們改日再談，好嗎？」

說完舉杯敬向王媽，我趕忙乘機起身，家明也不管王媽她們反應如何，拉著我頭也不回地快閃了！走出餐廳的路上我心想，天知道到底家明的手機有沒有響！

⑧

家明與我在街頭隨意亂走，雖談不上是驚魂甫定，但也很有點逃脫生天的味道。我們漫無目的胡亂走了一會，看到前面有一個露天咖啡座，便過去坐了下來。

點完咖啡，家明竟主動伸手跟我要了根菸，咖啡很快送上了，他低頭不語，只是靜靜坐著抽他的悶菸。

我想到下午才剛剛看過張太太自傳式的書籍，怎麼原來她竟是這樣的人呢？心中不禁感慨，人真的是會變的……但沒想到竟會變得這麼快，這麼離譜……

家明依舊無語，捻熄了菸，他閉上眼睛，長長嘆了一口氣。我心想，這樣的故事並不是第一次發生，我知道家明也不是第一次遇到，怎麼今晚他狀似感觸甚深，哀愁良多？

家明抬頭看我一眼，又點了一根菸，重重地噴出一口長長的濃煙。

「剛剛真的很誇張吧？」他說。我點點頭。

「你知道嗎，張太太的變質走樣，我想這對母女要負很大責任的！你看到剛才她們砸錢不手軟的模樣了吧……雖然是張太太自己沉淪敗壞，我也不好怪罪別人，但是人是她們捧壞的，胃口是她們養大的……好好的一個生力軍，就這樣輕易又毀在她們的金錢攻勢之下……我想……張太太必不是敗在她們手上的第一個人啊！」

聽到家明的觀點與結論，我一時腦筋轉不過來，只是愣在當下，無法接話。

家明又說：「吸毒的固然可惡，販毒的更是可恨！我始終相信一個人是不會輕易墮落變壞的，我更願意相信每個人的初心都是本質良善的，但是滴水可以穿石，浸淫日久，面對誘惑要能把持不動心起念，真是太艱難了呀……唉……以為用錢可以擺平一切，以為金錢可以買到一切，掌控一切……天下哪有這麼方便的事……」

聽著家明的感慨，我想起昨晚鬼影幢幢的旅店，驚慌害怕的演藝紅星，王小姐母女親切盈面的笑顏，熱情誠懇的姿態，動聽溫柔的言詞與桌上閃閃發光的鈔票，更有張太太需索無度的嘴臉……這裡頭，到底誰可惡、誰可恨、誰可悲、誰可憐、誰可怕？

夜猶未央。

與家明分手之後，我獨自在街頭漫步，想起張太太初開始為神明效勞為眾生服務的樣貌，當時的她，想必是清新樸質，純潔無瑕，一心向善的吧……而她這樣好好的一個人，可能這一生，就毀在「她們」手上啊……我繼續走著，心裡始終抹不去王小姐母女一臉的笑。

我在街頭遊走，任夜色將我吞沒。我翻起衣領，繼續走進我的暗黑之旅……

悠悠我心

每個人身上都背負著前世的業力，那是一種限制的力量。
而這限制的力量並不是要跟我們作對，故意讓我們受苦。
而是給我們一個機會，一個試煉的機會，一個改變宿命軌道的機會。

我不懂愛情，但是我相信一見鍾情。

所謂一見鍾情這回事，應該是第一眼看到對方時，就有種被電到的感覺吧。

而當那天門一打開我見到小珊的瞬間，就有這種一見鍾情的感覺。

前幾天，那位久違的塔羅老師約家明吃飯，家明把我也找去。席間，塔羅老師說有人又包場請她再開一場算牌趴。她事前自己先算了一次牌，發現這場算牌趴需要請家明到場。所以，希望家明可以過去幫忙。

我大感好奇，想到我好像還沒問過家明，為什麼他會參加我們初識的那場算牌趴。感覺上，塔羅牌、算牌趴這種事，跟他這個人根本就八竿子打不著。於是我問塔羅老師，什麼狀況下要請家明在場啊？

塔羅老師遲疑想了一下：「嗯……大約是兩種情況……一個是事，塔羅牌能解決或解答的問題範圍有限，有時候需要另一種觀點詮釋，或是另一種力量在場護持。畢竟，有時候來人的問題，不是算牌師有辦法處理的。」

嗯。那第二種呢？

塔羅老師嘆了一口氣續道：「唉……那就是人了……有些人……可能藥吃得比較

重，解牌算命這種程度的已經不能滿足他了……或是說……有的人比較執著想不開，非得借重另一種力量不可，沒有問到神秘玄妙這種層次的是不肯死心的。現在外面這樣的人又良莠不齊，我擔心他們吃虧上當，所以就找我信得過的家明幫忙了……」

原來是這樣……我又問，那家明在場要做啥？心想上次認識家明的那場算牌趴他根本什麼事也沒做嘛！只有跟我講話而已啊……

塔羅老師嘆了一口氣，看向家明：「家明，其實這次有個女孩子我特別想請你見見。她……唉……我們這群人已經勸了她很多次，完全講不聽，沒人講的話她聽得進去。我們全都舉手投降，只好看看你有沒有辦法了。」

家明問道：「她是什麼問題？」

塔羅老師嘆道：「唉，感情囉。我們都勸她趕緊離開那個男的，可是她怎麼都講不聽，還硬要找你看什麼前世今生……唉……她跟那個男的怎麼回事，我們旁觀的明眼人早就看得一清二楚……就剩她一個人還糊裡糊塗……」

她話鋒突然一轉，看著家明又說：「剛好我算了一次牌，發現這次算牌趴的主軸可能恰是前世今生，所以只好勞動你出馬了！」

①

於是，我與家明如期抵達舉辦算牌趴的豪宅；其實根本也談不上什麼豪宅，這只不過是一個蓋在市中心精華地段的社區罷了。雖然所在地段昂貴非凡，房價也價值不菲，但是看著這幾棟明明是普通住宅形式的高樓緊緊比鄰，儘管用上氣派的飯店式大廳公設與華麗高檔的裝潢建材，但扣掉公設比後的實際室內空間，恐怕還比不上我郊區老公寓的寬敞舒適。

雖不能說人家是敗絮其中，但總有一抹華而不實的味道。我覺得，這裡的住戶，就像是睡在金礦上的窮人，都很可憐。

當我們進入電梯直上十多層樓後按了電鈴，出來幫我們開門的，正是今天算牌趴的主人小珊。

第一眼看到她，我就有種被電到的感覺。小珊年約三十上下，是一個輕熟美女。她的膚色白裡透紅，一頭及肩長髮紮起俏皮輕快的馬尾飄在身後，中等身材，穿著一件白色大T恤與牛仔短褲，簡單的輕鬆打扮中，遮掩不住她姣好曼妙的身材。開門的時候我被她一雙水汪汪的大眼睛電到，她的雙眼晶瑩剔透閃動明亮，如果眼睛是靈魂之窗，那麼我想她的靈魂一定也是如此潔淨如此純真無瑕吧。

她打著赤腳，稍顯氣喘吁吁來開門，我與家明一同脫鞋進入室內，看到塔羅老師已經到了，一旁有些清潔用具，原來小珊與塔羅老師正在打掃準備。當我側身走過小珊身旁之際，我可以看見她身上的香汗淋漓，鼻中聞到她髮際與身上散發出的微微香氣，頓時心神為之一蕩。

塔羅老師與小珊堅持不讓我與家明動手幫忙打掃，我們只好坐在窗邊的沙發上，吃著小珊準備的香草花茶與手工餅乾，看她們兩個打掃。我盡量裝得若無其事，但目光始終會落在小珊身上。我不好意思讓家明發現我老是偷瞄人家，索性站起離開座位，站在窗邊繼續打量。

這屋子看起來只是中等坪數，裝潢得很有品味，牆面是白色的北歐風格，桌椅與地毯都是暖色系的原木色調。擺設與家具雖然簡單，但看得出都是精心設計與挑選過的。很明顯，這是一個單身女子住的房子。牆上有幾張小珊的黑白照片，桌上擺著薰香與桌巾抱枕等，非常有異國情調。

我暗暗點頭，小珊不但氣質出眾，還很有美感與品味啊……我已經好久沒有像這樣讓一個女生吸引心動了。

在我的胡思遐想時，來參加算牌趴的人陸陸續續到達了。今天人不多，大約只來了十幾位，竟然清一色都是女性！後來我才知道，她們有些是小珊鋼琴班的學生（原來小珊是鋼琴老師，難怪氣質這麼好！），有些是小珊的朋友，還有幾位是跟塔羅老師學塔羅牌的學員來見習。這一群人非常熱情，就算彼此間有不認識的新朋友，也是很快就打成一片聊在一起。

主人小珊宣布：再過三十分鐘算牌趴就開始囉！現在請大家先抽號碼牌準備一下，我叫了披薩來請大家吃，等會大家邊吃邊聊，輕鬆自在一點，盡量把這當自己家喲。

②

很快地，算牌趴就開始了。塔羅老師在八人座大餐桌上攤開了牌，家明坐在客廳沙發區。有的人圍過去塔羅老師那裡，有的人來跟家明攀談，也有些人只是三三兩兩或站或坐閒聊著。我站在一旁，看著小珊左右兩邊跑熱情招呼忙得不亦樂乎。我不爭氣的目光始終跟著小珊移動，希望能有個機會空檔，可以跟她說幾句話。

披薩很快就送來，大夥都忙著算牌聊天，只有我這閒人跟小珊一起接過披薩擺到飲料桌上。我正想找機會跟她自我介紹，卻見她飛快撕了幾片披薩擺在盤裡，對我一笑就端到算牌桌那去忙了。

我略感失望，只好悶悶拿著披薩跟可樂，慢慢走回家明這旁。家明正跟幾個塔羅老師的學員聊天，看來他們彼此已經是認識的。我咬了一口披薩嚼著，這時一個學員拉著一個女生來到家明面前。「家明我跟你介紹，這位是婷婷。」

我抬頭看著這位叫婷婷的年輕女生，大約二十幾歲吧。身穿白襯衫與迷你短裙，顯得身材非常修長，應該有一百七十公分吧。輕鬆的穿著打扮，卻是頂著一臉的濃妝，長長的頭髮也盤成一個髮髻，頭臉的造型與穿著看來非常不搭。

她抱歉地笑了一下：「家明您好，我是婷婷。不好意思我剛下班，剛從機場趕過來，還沒時間卸妝。」原來，是位空姐呢！

婷婷在家明面前坐下來，我看她略顯不安，某種角度看來，還略有一點生澀的味道，看來應該畢業不久，才剛踏入社會吧。

家明向她點頭微笑，婷婷又說：「家明哥，我想……這個……有個問題想麻煩你……可以請你指點一下嗎？」她的語氣聽來十分緊張，又有點害羞。

家明笑著說道：「好啊，妳說說看，什麼問題呢？」

婷婷由皮包裡拿出一張名片遞過來：「你可以幫我看看這個男的嗎？」

家明伸手接過名片，皺了一下眉頭，看著婷婷又道：「這沒辦法喔，我怎麼可以隨便說別人的事情呢！」家明雖然面帶微笑，但還是給她碰了一個軟釘子。

「嗯……」婷婷愣了一下，不知該如何接話，帶她過來找家明的朋友說話了：「哎呀，婷婷，妳不能這樣問啦，妳應該先說這男的是誰跟妳什麼關係，然後妳要問的問題是什麼，不然家明是不會隨便回答的喔。」

婷婷遲疑了一下，果然她缺乏社會經驗與歷練，這下就看出來了。她遲疑了一下，斷斷續續地又說：「嗯……這個是我的男朋友，我們交往了快兩年……那個……最近，最近他跟我求婚，我不知道要不要嫁給他，你可以幫我看一下嗎？」

家明哦的一聲，又看了一下名片然後說道：「他應該也很年輕吧？」

婷婷接口：「嗯對，他大我五歲，今年二十八……那個……要寫生日給你嗎？」

家明搖搖頭，婷婷又說：「他對我很好，平常在他爸的公司上班，他爸準備將來要把公司交給他，所以他平常很忙。可是他對我很好，再忙都會接送我去機場，對我也很大方，常常買禮物給我，帶我出國去玩。」

家明嗯了一聲，續問道：「那妳是想問要不要嫁給他，是嗎？」

婷婷點點頭，似乎放大了膽子說話：「是的。因為我覺得有點不踏實的感覺，而且我的朋友都跟我說其實他很花，要我小心一點，可是他對我真的很好，我有點放不下……你能幫我看看，他是我的真命天子嗎？」

家明轉頭看了帶婷婷過來的朋友一眼，她聳聳肩一擺手，好像早就知道。

家明看著婷婷道：「如果妳真要我說，依我來看，你們兩個結婚的時間都還沒到喔。現在結婚好像太早了點……」

「那，」婷婷搶道：「我會嫁給他嗎？他是我的真命天子嗎？」

家明乾笑嘿了一聲，轉身端起咖啡喝了一口。「這個嘛……」一旁的婷婷眼中露出熱切盼望答案的眼神，雙手緊握傾身向前等待。

家明輕輕放下咖啡杯，慢慢說出一句：「我看恐怕不是。」

聞言婷婷臉色大變，急忙說道：「真的嗎？真的不是他嗎？」

我看她剛才猶豫為難，好像想答應男友的求婚卻又不敢作決定；現在聽得家明說出不是，又馬上露出一臉的失望神情。她雖看來心意未定，想嫁不敢嫁；但聽得家明說了不是，又難掩不嫁心不甘的失望。

婷婷安靜了一會，臉上的失望表情越來越淡。安靜了一會，她又問家明：「如果他不是我的真命天子，那我還要跟他繼續交往嗎？」

我看她的眼神逐漸認真，之前的猶豫與為難，失望與不安都不見了。她的神情同剛才的模樣真似判若二人。

「那就要看妳了，我怎麼知道？」家明聳聳肩，又端起咖啡杯。

無奈婷婷看不懂家明的意思，她兩眼筆直地望向前方，彷彿心中若有所思。過了一會，她似乎下定決心，由皮包裡掏出紙筆撕下一張，快速地在紙條上寫了一個名字遞給家明。「請你看看，那是不是他？他是個ＡＢＣ喔。」

家明接過紙條瞄了一眼，輕輕地放回桌上又說：「不是。」

婷婷臉色又是一變，又呆坐好半晌。這時我已經確定她不再是那個緊張害羞的小女生了。她在紙上又寫了一個名字，再度問家明，那，是不是他？家明還是搖搖頭。

我看婷婷更發急了，她又快速匆忙寫了兩個名字，一起遞給家明。

這時家明也忍不住了，看著面前紙條上的四個名字與旁邊的一張名片，張大了眼晴問婷婷：「這些人，都是誰啊？」

婷婷咬了一下嘴唇，兩手緊捏著皮包，鎮定地說道：「他們都是我的男朋友。」

「都是？」我聞言差點把嘴裡的可樂噴在家明身上。這空姐看來年紀輕輕，還很生澀單純的模樣，怎麼一口氣交了五個男朋友！

③

家明倒沒有我這麼大反應，他只是睜大了眼睛略顯吃驚地看著婷婷。

婷婷雙眼看著桌面，自顧自地說著：「對啊，他們都是我的男朋友，我還單身，當然還有多看看多選擇的權利啊……我總要挑一個真心對我好的，嫁過去以後會給我幸福的啊……」她似乎完全沒有覺得自己這樣的行為有什麼不對，還非常理直氣壯地覺得這是自己的權利，是為自己好的精明打算……

家明接口問道：「等一下，妳是說，這五個……都是妳的男朋友？我的意思是說……真的都是……『男朋友』？」婷婷點點頭。家明又說：「妳知道我的意思喔？真的是『有交往的男朋友』，不是只是約約會吃吃飯搞曖昧的朋友？」婷婷又用力點點頭。

「哇……」家明朝天露出一個不可置信的表情，仰身靠在沙發上。

這下不只家明與我，旁邊的幾個人也俱都露出驚訝讚嘆的神情；就只剩下婷婷一個人猶自氣壯理直。她臉上又是懊惱，又是不甘心，嘴裡喃喃自語：「怎麼搞了半天都不是呢？這不是浪費我時間嗎……」她拿起桌上一號男友的名片又問了家明一次：「你確定真的不是他？這幾個裡面我最喜歡他啊！」

家明不語。

她兀自不死心，又搶白道：「聽說你會看前世今生？那你能幫我看看我跟他的前世嗎？我真的很喜歡他耶……我本來還打算嫁給他的……」

前世今生！我不明白婷婷是怎麼想的，這種事，跟前世今生有什麼關係！

這時家明臉色和緩，拿起名片語氣溫柔地對婷婷說：「先不談妳的問題跟前世今生有沒有關聯，這種資料，妳跟他非親非故，又不是遇到什麼重大問題，怎麼可以隨隨便便說給妳知道，妳說對嗎、嗯？」

婷婷臉色鐵青，猶不服氣：「可是我真的最喜歡他啊……」

家明搖搖頭，語氣又硬了起來：「如果妳真的要知道，我可以跟妳說，這男的……應該另外還有女朋友喔……」

「什麼！」婷婷叫道。我看她本來只是失望與不甘，現在竟惡狠狠地叫出聲來，語氣與神情裡大有醋意與怒意。

這一幕驚喜轉折不斷，看得我目不暇給，等到帷幕終於拉開，沒想到後來竟是這個結局。我在心裡暗嘆，就許妳一個人腳踏五條船，還不准別人劈腿偷吃嗎？我雖然退隱江湖不問世事久矣，但沒想到新生代的價值觀與感情觀竟變得如此厲害！一旁婷朋友的神情也是不以為然，看著仍忿恨不平的她。

家明再度端起咖啡杯，旁若無人的婷婷眼裡腦裡全只有她自己，你把杯砸爛了她也不知道你什麼意思啊。

婷婷已經氣哭了……眼睛周圍的妝都哭成兩坨難看的黑色……這時她的手機突然響起：「喂……嗯……對啊……嗯……下班了……我在朋友家……嗯好……你快點過來。」婷婷講完電話順手收起桌上的名片說道：「是他打來的，他現在要來接我。哼，正好，我正好跟他算帳！我要問他為什麼劈腿！」

帶她過來與家明講話的朋友這時一臉尷尬，趕忙拉著氣呼呼的婷婷說：「好了，別生氣了，我們到旁邊吃點東西等他，妳先不要那麼生氣喔……」

婷婷站起身說，我要先去一下化妝室，就轉身離開了，連個謝字都沒說一聲。我與家明面面相覷，互望一眼，感覺像是受了一場震撼教育。

④

這時又有人按電鈴，門打開後走進來一個女生。塔羅老師看見她後起身離座，迎向那個女生低聲說了幾句話，把她帶到家明面前。「家明，這位是小娟，是我塔羅班的助教，也是我的好朋友喔。」

家明起身點頭致意，那叫小娟的女生也點頭說道：「等一下要麻煩您了，不好意思。」塔羅老師介紹完畢就回到她大餐桌上的算牌現場，這時有幾個人也過來跟小娟打招呼，有的也稱呼老師好；眾人看著她的眼神，多半帶著點惋惜不捨與關心，我心想，不知小娟的問題是什麼呢？難道也是前世今生嗎？

小娟跟眾人打了招呼，也到洗手間去。她與剛出來的婷婷錯身而過，我看婷婷已經把哭花的眼妝擦乾淨，臉色顯得蒼白但仍是一臉怒容。

這時有幾位看來也認識家明的女生說道：「家明啊，一會小娟出來請你要幫我們好好說說她喔……唉……現在可能只剩你講的話她會聽了……我們勸了她好多次……也幫她算了好幾次牌……每次結果都大同小異……可是她就是怎麼講都講不聽……等會要拜託你幫幫忙了……」

我聞言心想，是什麼問題呢？怎麼好像大家都束手無策似的？

家明也說：「到底是怎麼回事呢？」

眾人七嘴八舌地說道：「唉……都是那個男的啦……前陣子又回來找她……我們已經勸過她好多次，不要再跟他在一起，人家根本沒有離婚的打算啊……」

另一位說道：「對啊對啊，我們都覺得那男的根本不會離婚，只把小娟當地下情人……而且我們算牌的結果也是這樣……小娟自己算也差不多，可她就是講不聽。」

還有人說：「他們已經分分合合好多次了……聽說上一回分手小娟還鬧自殺……唉……我們每個人看到那男的都覺得他根本配不上小娟……可是她說她就是離不開他……可能是上輩子相欠債啊……」

「是啊……跟那個人在一起不會有未來的啦……他只是想占小娟便宜，根本不會負責也不會付出真心的啦！」

哦，原來是這樣嗎？

在眾人此起彼落的議論聲中，小娟走回來了。眾人馬上低頭不語，訕訕地離開。我打量小娟，看來約莫三十多歲，打扮乾淨素雅，雖談不上明豔動人（還是小珊漂亮），但由她的面容與舉止看來，頗有幾分氣質的模樣。她給我的感覺就是懂事明理，但看來這麼沉穩成熟的女生，為什麼在感情裡竟是如此令人感嘆？

小娟臉色蒼白，氣色看來好像嚴重的睡眠不足。她露出一個似是自嘲的苦笑，語帶扭捏地跟家明說：「不好意思，家明，要麻煩您了。我想向您請教的問題，塔羅老師是不是有先跟您提過了？」

家明低頭淺笑，幫她斟上一杯花茶與遞上手工餅乾。「怎麼樣，吃點嗎？」

小娟看著餅乾搖搖頭，又繼續說道：「她們一定都說我講不聽吧？唉……其實……我明白她們是好意……我也知道她們說的是對的。只不過，唉……我自己心裡清楚，這是前世的冤孽啊……我也想走，我也跟他分過好幾次，但總是斷不掉……

唉……我不是不想，我是沒辦法啊……」

小娟幽幽說完，又嘆了一口氣。

家明平靜地聽完，輕輕問道：「妳怎麼會覺得這跟前世有關？」

「嗯……」小娟沉吟了一會，繼續說道：「其實不瞞您說，上個禮拜我去找了一個專看前世今生的大師……她跟我說……嗯……上輩子，我是一個有錢人家的大少爺，成天在外花天酒地風流成性……我現在的男友是我家以前的ㄚ鬟……我……我對她始亂終棄，玩弄她的感情，可是她身為我家的ㄚ鬟，受了委屈沒有人可以說，也沒有地方可去，只好委曲求全留在我家……每天看著我拈花惹草，只有偶爾無聊才會又想起她……」

小娟嘆了口氣又說：「唉……有一天她被我弄大了肚子……我的父母非常生氣，說她這低三下四的ㄚ鬟竟然敢斗膽勾引大少爺……他們把她藏在鄉下一個地方，等到小孩生下來後，就把她趕出去了……」小娟平靜地訴說這段她聽來的故事，但等到說完眼眶已經泛紅……

家明問道：「那妳找我是……？」

小娟整理了一下自己，繼續說道：「唉，我是想請您也幫我看看……我跟我男友前世是不是真有這些恩怨糾葛……所以我現在才離不開他，才愛得這麼辛苦……我是不是應該要清償我上輩子欠他的債……而且那位大師說，我的情債很深很重啊……」

⑤

家明聽完沉默不語，板著臉抿著嘴，嘴角的線條顯得剛強。

他沉默了一會對小娟問道：「妳相信有前世今生靈魂輪迴麼？」小娟點點頭。

家明又說：「那麼妳相信那位大師告訴妳的故事，妳與他的前世糾葛就是如此麼？」

小娟答道：「我自己算過幾次牌，每次算，都發現我跟他的事與前世有關。那個大師描述的狀況也很吻合，我現在世的情形都是報應，都跟前世剛好顛倒過來：我被他藏起來，永遠只能當地下情人，他雖然真心喜歡我，可是總是無聊想到時才來找我……他說他會想辦法盡快離婚……可是又說他父母很喜歡他老婆……他要是跟他老婆離婚他父母一定會跟他翻臉……而我自己，也是好幾次下定決心要離開他，可是又擔心他不在我身邊，剩我一個人，我會不知該怎麼辦……不瞞您說，這麼些年來，我都沒有另外交過男朋友……我的感情生活裡只有他……要是沒有他……我也不知道該怎麼辦才好……您說，這一切跟那個故事，不是太吻合了麼……」

「所以妳找我，只是想確定那個大師說的是不是真的？」小娟點點頭。

「那要是我說不是呢？要是我說妳的問題根本跟前世沒關係呢？」家明不容分說，馬上又緊湊說道：「又或者是我說了一個跟那個大師完全不同的故事呢？妳怎麼辦？要聽誰的？誰說的才是真的？」小娟臉上露出一個錯愕的表情。

「如果妳一定要問我，我只能跟妳說，我不認為妳的問題跟前世今生有關；當然，這只是我的個人意見。」家明沉穩堅定地說道：「妳要怎麼理解前世今生，或是用前世今生來解釋妳面臨的問題，我都沒有意見，那是妳的選擇。只不過我想請教妳，如果我說不是，或是給妳另一個故事，妳該怎麼辦？」

小娟皺起眉頭，嘴巴微張，說不出話來。

「好，或是我跟妳說，對，妳跟妳男友的糾纏不清難捨難分確實是跟前世的因緣有關，那位大師說的故事也是真的，我再請問：這樣妳的問題就獲得解決了嗎？妳就不再有痛苦煩惱了嗎？」

小娟馬上抬起頭看著家明說道：「不，我知道這並沒解決我的問題……但是……但是有這個故事，就像是給了我一個答案，讓我知道為什麼我老是離不開他，也給我一個理由或是解釋……讓我可以接受……可以心甘情願一點，可以坦然一點……」

家明猶不放過她，「如果妳只是要找一個坦然接受的理由，我想妳有很多方面可以去找，不需要到處找人幫妳看前世今生。而且我也認為，就算找到一個理由，恐怕也只是讓妳繼續逃避問題而已。這個理由並不會幫妳解決任何問題！妳該做的是把頭從沙子裡拉出來，好好看清楚自己，好好看清楚對方，好好看清楚問題；而不是到處找人幫妳背書，給妳一些似是而非的說法，好讓妳繼續心安理得地把頭埋在沙子裡。不過當然，妳要繼續埋下去，是妳的自由妳的選擇妳的權利，只是我，是不會幫妳背書的，我更不會再剷一鏟沙，幫妳把頭埋得更深！」

這時一旁小娟的朋友接口了：「家明您的意思是說，那個大師講的故事並不可信？難道沒有前世今生這回事嗎？」

「不，」家明續道：「我沒見過那位大師，我並沒有立場來論斷人家說的話是不是真的可不可信。我的意思是，這件事要分兩個層面來釐清：第一，所謂前世今生到底是怎麼一回事，第二，小娟的問題到底跟前世今生有沒有關聯。

「我的意見是，當然這只是我的個人意見，並不是絕對，也不是宇宙的真理。我只是認為，所謂前世今生這種事，絕對不是一個人隨便說要問要看就可以去看的。如果是本人，那倒還罷了，但既然事涉第三者，除非是真有什麼重大事件或本人真的無法親問，不然我是不會回答的，就算是父母夫妻子女都一樣。這跟病歷差不多，是一個人的重大隱私，我不可能因為一件小事或某個人一時興起隨口問問就照辦的。這是我不會更動的行為準則。

「再說，就算小娟的感情問題真的與前世有關，我也不明白知道了這些又有什麼用，對小娟又有什麼幫助！別誤會我，我絕對相信靈魂輪迴前世今生，只是我不認為所謂的前世可以被我們當作卸責的藉口或推託的理由。如果把前世今生當成一種宿命論的觀點，這我無法苟同。前世並不是宿命，我們可以知命但不需要認命。所謂知命是明瞭自己先天所受的限制或弱點，並不是要我們把手放在屁股下面。前世已經過去，但今世尚在進行中，我們仍有努力開創的機會。」

⑥

家明看了小娟一眼，不卑不亢地繼續說著：「我不否認，所謂的前世，有時候像是一種約束，束縛的力量在限制著我們。但以小娟的例子來說，她與她男友之所以會相遇相識，以及相處情形的模式，確實有可能是受前世的因素影響；但是，今生的故事要如何開展如何接續，是今生的自己可以決定也應該決定的。每個人都會有軟弱迷惘，徬徨無助的時候，我們應該做的是努力找出積極正面的態度與力量去面對，而不是從歷史的垃圾堆裡去翻垃圾來安慰自己。自己不採取行動，反倒四處去找解釋找理由，這不是本末倒置麼？」

小娟開口問道：「那麼我的問題到底跟前世有沒有相關呢？我真的累了，我也想結束這一段，可是……可是……」

家明喝了口咖啡，想了一下才慢慢開口：「我剛說了，就算我告訴妳是真的與前世相關，那又怎麼樣呢？解決妳問題了嗎？」

小娟喃喃自語：「那我該怎麼辦……我該怎麼辦……」

家明對她寬言道：「其實妳心裡清楚妳該怎麼辦，妳也知道什麼是對的是好的。

只是妳沒有下定決心去做，還是依著慣性、習性在走。每個人身上都背負著前世的業力，那是一種限制的力量。而這限制的力量並不是要跟我們作對，故意讓我們受苦。而是給我們一個機會，一個試煉的機會，一個改變宿命軌道的機會。這一切，不是能力的問題，而是選擇的問題。上天是很公平的，每個人都有先天的限制，但也都有後天開創的潛能。這是選擇的問題，沒有那麼多可是不可是，就要不要下定決心去做而已。如果只是一次又一次重複同樣的模式同樣的課題，那麼我想就算把每一世的故事資料都攤開來在妳面前，也是於事無補的吧。」

家明說完這麼大一段話，小娟一時無語。旁邊的朋友試著安慰她：「是啊小娟，家明說得有道理，妳就看開一點放下吧……我們都希望妳多珍惜自己一些呀……」

「是啊是啊，真的不要再浪費時間在過去上面了，妳那麼聰明善良，一定要快點走出來啊，不然真是糟蹋了。」

這時大餐桌那邊的算牌趴似乎告一段落，我聽見小珊對著客廳這邊揚聲叫道：「妳們那邊好了沒？換我們去跟家明說話了喔。」

小娟聞言也站起身，對著家明說道：「謝謝您，您說的話我會好好想想的。」

她走開後，我偷偷湊過去家明旁邊小聲問道：「你覺得，她放得下嗎？」

家明嘆道：「我看很難，只能祝福她了。旁觀者清，她雖能為別人算牌解惑，但當局者迷，遇到自己深陷泥沼，恐怕就難保清明了。」

我咀嚼著家明的這一番話，突然想到：「那麼我的生病跟前世有沒有關聯？」我瞧著正拿餅乾在吃的家明心裡又想：「我跟這位老兄，前世又是什麼關係？」

這時美麗動人的小珊已經和剛算完牌的人一起走過來，我趕忙收起心裡的胡思亂想，假裝大方地讓座給小珊。雖然我挺希望她坐在我身邊，但她真的走過來我還是有些膽怯與不自然。我想我還是先避開一下，等我整理好自己鼓起勇氣，再找機會跟她說話吧。於是我也去拿了兩片披薩，再走回來站在她的對面不遠處，看她們這群朋友要問家明什麼。

她們一共六個人，小珊一一向家明介紹，有的是她鋼琴班的學生，有的是她瑜伽課的同學。她們都是第一次參加算牌趴，也聽說過家明這人，只是沒想到第一次參加就能遇到家明也在現場，真是覺得太幸運了。

是啊，等我那晚聽完她們問家明的問題之後，我也覺得她們真是太幸運了。

⑦

那都是些什麼問題呢！唉……我現在已不想再一一重複記述……我只記得在算牌趴之前，塔羅老師說過的：我事先算了牌，這次算牌趴的主軸是前世今生喔……

但她沒有算到的是，唉，這算牌趴問家明問題的人，不但都是要看前世今生，而且除了一位已婚太太之外，竟然每個女生都是與有婦之夫在一起的外遇情人！

我不明白，她們是故意約好的嗎？還是我與家明走進一個什麼「小三小四俱樂部」之類的地方？怎麼可能會有這麼多條件都很優秀的女生，說來也都還算年輕貌美，竟然會都選擇介入別人的家庭，談一段注定會有某一方傷心的感情？又怎麼會都齊聚一堂，都想讓家明看看她們與別人家老公的前世今生？她們到底在想什麼？

就連那位已婚太太，也因為老公結褵多年來偷吃不斷外遇連連，而想要請家明解決她的問題，幫她看看她與她老公的前世到底有什麼瓜葛，為什麼她總不能狠心離開丈夫，而老是一再容忍隱讓。

我不懂，以她們優秀的條件，不知道有多少出色的單身男士可以挑選，為什麼偏偏清一色都當起了人家的小三，自甘與已婚男人在一起，背負破壞別人家庭的惡名？

我更無法理解，為什麼她們對這樣的事情，對自己的行為，竟渾然不覺哪裡有錯，反而似乎名正言順地開起塔羅牌算牌趴？是要算一算她們的感情未來能不能有好結局？還是要算為什麼她們不能離開對方？是不是因為前世有什麼糾葛？這跟前世到底有什麼關係？是不能還是不願？

家明看來倒還挺淡定，雖然他也被這些一個接著一個，幾乎一模一樣的問題給嚇到，但他還是頗為鎮定地見招拆招。儘管他的回答有點不著邊際文不對題，但大致上意思與他剛才同小娟說的話全都大同小異：

「前世今生，不是這樣看，不是這樣理解的呀！或許感情在每個人生命中的重要性各有不同，但如果感情真的是屬於生命中一個重要的課題，或是考關；更不能用這種近乎作弊偷看小抄的方法找答案啊！如果不從每一個事件中學取教訓與經驗，豈不是每談一次感情，就要到處找大師看前世今生，找老師卜卦算命看塔羅牌！」

家明說的對，一再重複同樣的模式，那就是習性在作祟；而一再重複相同模式卻希望有不同結局，那叫做瘋狂！

我心情沉重，看著眼前圍著家明的她們，實在不想再聽下去。

這時終於輪到小珊開口了：「家明，我也有個問題想請教您，是這樣的……」小珊溫柔而平靜地說著，她美麗的臉龐彷彿沾染著一股神奇魅力，我縱然思緒滿懷，目光依舊不由自主被她吸引，停留在她身上。她繼續說道：「是這樣的，前幾天我的男朋友跟我說，他決定要跟他老婆離婚了，他想搬來跟我住，等再過一段時間之後，便要跟我結婚……」她稀鬆平常地繼續說著：「哎，其實我還不想定下來啊，維持現在這樣，不是很好嗎？他可以兼顧他的家庭，我也可以保留我的個人自由空間，假日就算他要陪老婆陪小孩，我也一向都毫不介意啊。我有很多課要上呢……我想請教您，您覺得我跟他結婚，合適嗎？」

待小珊說完她的問題，我感覺我的腦子熱呼呼又鬧烘烘地，糾成一團。

家明後來回答了些什麼，我已經不記得了。

我只聽見，我心碎了一地的聲音，在心底不斷地迴響著……

我不懂愛情，我也不再相信一見鍾情。

因為現在我明白，所謂一見鍾情，不過是一種自欺欺人的斷章取義罷了！

福禍無門

人類的肉體到底是一具臭皮囊還是裝載靈魂的聖堂呢？
到底是我被困在這肉體裡，還是這肉體被我不安的心所綑綁？

「有一種說法：世界上沒有巧合這種事。每件事的發生，背後都有原因。這你有聽過嗎？對這說法有人不以為然，有人深信不疑。但如果你問我的意見，其實我以為我們常常畫錯重點，把焦點放在到底是巧合還是有原因上。

「說是巧合也好，真的有個原因理由也罷，事情發生就是發生了，並不會因為背後是巧合或是另有成因而有所不同。

「甚至很多時候，我覺得這所謂背後的原因，其實多半是我們自己強作解人的牽強附會所創造出來的。這都只不過是我們自己賦予的想法，它跟背後的真正原因可能差距非常遙遠而巨大；就算真有的話。

「人類的頭腦本身就內建了一個對萬事萬物的詮釋機制，每個事件的發生一定都要先通過我們詮釋機制的篩選定義，才能在心理上被我們接受。而我們往往錯將諸多努力花費在尋找一個能讓自我接受的詮釋，而忽略了事件本身。

「一開始我覺得你這人挺有意思，就是因為我發現你身上好像沒有這個詮釋機制。」

家明挺認真地對我說了這一大段話，靜靜地看著我。

我一時不知如何理解他這番突如其來的考語，只是反射性地問道：「你是說我逆來順受嗎？」

家明笑了笑：「不，我覺得順與逆在你身上都不存在，你好像只有來與受。」

「什麼！你說我是童養媳嗎？」我揚手怒道。

「呵呵，你別誤會我的意思了。」家明訕笑著。「只有來與受，其實是非常堅強的喔！所以剛認識你的時候，我就覺得你很不一樣。」

真搞不懂你在說什麼啦。我嘟囔了一句，直接用手拿起盤子裡的鬆餅，連切都懶得切，有點賭氣似地張嘴大口吃下。

今天下午，我們與那位幫忙認識小玲的新人有約。我和家明提前了一個小時到達咖啡廳，在等新人的時候，我們東拉西扯隨意地亂聊一通。家明說的話有時好像藏有深意，有時聽來又平淡無奇。我不懂他是真的意有所指還是只是隨口閒扯，也就隨便附和著。

①

新人找我們什麼事呢？

原來她的學姐這陣子身體不舒服，看了許多醫生，也很拖了段時間，一直無法痊癒。於是新人找上我，想問問家明可不可以幫忙。

說起來，新人會踏入保險業，還是她這大學直屬學姐引薦的。學姐在學校時本就挺照顧她，新人畢業後學姐看她一時找不到工作，便介紹她來公司面試了。

待約定的時間一到，新人與她的學姐便準時出現。新人看起來仍是那副神經大條的白目模樣，不過她的學姐雖然身形結實，但看起來印堂發黑一臉病容，臉色蒼白黯淡無光，說起話來有嚴重的鼻音還伴著時不時的咳嗽。

我們很快打過招呼後，那學姐便開始向家明敘述事情的原委：原來她在保險業已經三年多，業務熟練之後在工作時間的安排上也多了許多自由度；只是近來不管她再怎麼努力，離公司訂定的業績目標始終有一段差距。因此在公司每月檢討業績的壓力，與她求好心切的自我要求之下，她不得不想些變通辦法。

經由朋友的介紹，她報名參加了一次命理研討會。主辦這個研討會的那家公司，其營業性質有點令人難以定義。他們的業務範圍除了命理研習之外，尚有八字相命、卜卦教學，甚至還販賣開運商品與健康食品。

新人的學姐簡單跟我們說明了他們的營運行銷方式，我乍聽之下，覺得像是類似一種直銷組織，先以免費八字算命來開拓會員人流，然後以「改變命運」的說法鼓勵會員報名相命卜卦等課程，最後再讓這些學員以「多行善事」之名，四處為人算命，以帶進更多會員，順便也推銷開運飾品或健康食品。

聽起來是很有商業頭腦，面面俱到的一條龍式經營手法啊，我心想。

「但是我總覺得很怪。」學姐說：「我以前有聽說過，有些房仲或保險的業代，會去學一些星座啊紫微啊八字啊這些算命的方法，做為吸引客戶或迅速拉近客戶距離的工具，甚至有的還因此業績蒸蒸日上，客戶介紹客戶喔。所以我就去報名上這個八字課程了，想說試試看會不會對我的業績有幫助。」

「第一期三個月的課程結束之後，老師跟我們說，為了增加我們的經驗值與熟練度，所以要我們每天至少要幫三個人排八字才行。老師說，解過的盤越多，累積的經驗越多，我們的準確度才會提升得越快。

「所以我就很認真聽老師的話，每天打電話找同學約朋友出來給我算命練功。剛開始我其實很緊張，覺得有點心虛；可是說也奇怪，我算的人越多，很像真的變越準了，我好多朋友都嘖嘖稱奇，還帶了他們的朋友來給我算喔。」

學姐邊說著，邊拿出一本厚厚的筆記本展示給我們看，裡面寫滿了她幫別人排的八字命盤。

「因為很多人都說我算得準，慢慢我對自己也有了信心。而且如果我真的可以給別人一些趨吉避凶的幫助建議，我覺得這樣也很好啊，所以後來我幾乎都荒廢了保險的本業，每天起床都是排滿的算命約在等我，而且介紹學員去報名上課或購買商品我也有業績獎金可以領，其實那陣子忙得很充實，收入也很不錯。」

這學姐說話雖然很急，但還頗有條理。只是她說話幾乎沒有空檔，連桌上的茶都擺到涼了也沒喝上一口，我們也找不到插話發問的機會。

②

「就這樣過了幾個月，我的身體開始出狀況了。一開始只是常常覺得沒來由的發冷，不管在哪裡，不管穿多穿少，就是常常覺得全身發冷，這樣冷了好一陣子，開始偏頭痛。本來只是偶爾微微作痛，然後越來越痛，越來越常發作，常常痛到想吐，想去撞牆。過沒多久又變成拉肚子跟胃痛。本來發冷、頭痛、胃痛這些症狀只是輪流出現，沒想到後來有時竟會同時發生，困擾了我好一陣子，體重也掉了不少。去看醫生，檢查了半天都說我身體沒有怎樣，應該是壓力過大的精神官能症，可是吃了藥一點用都沒有，我就去看中醫。中醫說我脈象很弱又很亂，體內寒熱夾雜，但是吃中藥只有當天有效，隔天所有的不舒服依舊輪流發作。」

「我被折磨得真的受不了，突然想到，」她吞了口口水又繼續說：「有一次上課的時候我遇到一個從南部上來開會的小組長，他看看我跟我說，小心話說太多會背別人的業障喔。我就想說……我會不會是卡到什麼東西了？因為我自己也覺得自己不大對勁了……除了身體的不舒服，我還覺得自己好虛弱，一點元氣也沒有……然後這些頭痛、胃痛跟發冷想吐，一點也沒有減緩，我已經重感冒加拉肚子兩個禮拜了……看醫生也沒有用……真的不知道該怎麼辦才好……」

我坐在學姐的斜對面，不但可以從她的聲音中聽出她的煩惱與不適，更可以從她身上感受到一股濃郁沉重的病氣與壓迫感十足的濁氣。我像是置身一個垃圾收集場中，各式各樣的腥臭味腐敗味撲鼻而來。這種種無形氣味確實令人作嘔，簡直比我的化療藥還厲害。我看著一旁的家明，不知他會如何處置呢？

家明一直靜靜地聽著學姐訴說她的遭遇，直到她終於說完，家明才正容看著她。家明的雙眼直視著她的臉龐，那兩道目光竟有點咄咄逼人的味道，好像要看穿她的內心似地。

他就這樣盯著看了好一會才慢慢開口：「好，我知道了。妳的問題不麻煩，妳不用擔心。」

學姐急忙接口：「那我是真的卡到什麼東西了嗎？還是背了別人的業障？」

家明擺了擺手：「妳要這樣說也是可以。」

學姐看似一臉不解，家明又說：「不過我先問妳，好了之後妳還到處幫人家算命看八字嗎？」

她一臉快哭出來的樣子，先搖搖頭又低下頭來小小聲地說：「我以後不敢了。」

家明又說：「妳是不是也覺得這公司有點怪？」她又小心翼翼地點了點頭。

「那好，妳頭腦還算清醒。人家的經營方式是不是正派，銷售商品與課程的手法是不是針對人性的弱點我們且不去說它，」家明進一步看向學姐的雙眼，「但我們撐心自問，幫人家算命解盤的時候，我們的動機純不純正？立意是否良善？這中間有沒有夾雜一絲一毫的利益成分在？我們的起心動念與一言一行裡頭，是不是多多少少有虛榮心在作怪？」

學姐與新人這時都若有所思，怔怔地看著家明，說不出話來。

家明續道：「說到利益心，妳應該還沒有，就算有，也很容易分辨出來。但是這個隱藏在『幫助他人』背後的虛榮心，這個被自我以『行善事』包裝起來的虛榮心，就非常細緻幽微了。這種內心底層的心態不是那麼容易有辦法輕易察覺的。正因為它埋得深，偽裝得好，所以為禍更甚，更為凶險啊。」

家明喝了一口水，「如果妳要繼續幫人家看八字，當然我也沒有立場阻止妳。但是如果妳沒有把握時時覺察提防自己的虛榮心，我勸妳最好是不要。否則，身體再出狀況我也幫不了妳。」

家明轉頭看了新人一眼，繼續說道：「有許多人許多事，都是拿做好事在自我包裝與吸引人的。很多時候那其實只是一種行銷手法，小心不要把自己的善良天性與熱情輕易讓別人給利用了；甚至，這個自以為發心良善的背後，都很有可能是自己的虛榮心與外在事物相呼應了，得到滿足了。明白嗎？」

家明邊說邊從他的包裡拿出一疊金紙與黑色簽字筆來。「卡到的東西好清，內心的種種妄念所引來的災禍就難處理了！」家明用黑筆在七張金紙上畫了些像是符又像是文字的東西，跟我要了打火機，然後對那學姐說道：「來，妳的問題不大，我幫妳清送乾淨，回去就可以好好睡一覺了！只要多休息吃飽睡飽就沒事了。」

我與家明領著那學姐穿過咖啡廳的後門，走到沒有旁人的後巷裡。家明點燃了金紙，就著火勢在學姐的身體周圍比畫起來。家明點了一張又一張的金紙，在她周身前後上下不斷揮舞，等到七張金紙都燒完，我看到那學姐的臉總算恢復了血色變得紅潤，整個人看起來也明亮多了。

③

大約隔了一個禮拜之後，那新人打電話給我，說到她學姐的症狀全都消失了，現在正努力調養身體，也要好好重回本業的正軌。她說非常感謝家明，希望找一天可以請我們吃飯。

我自然是替家明回絕了，我知道家明一定會說，吃飯答謝並不重要，今後不要重複同樣的錯誤又惹上麻煩才是比較要緊的事。

新人又支支吾吾地說：「那個，我有個姑婆，最近發生了幻聽的現象，看了醫生也沒有好轉，家裡長輩都非常擔心，不知道可不可以再麻煩家明幫忙……」

我想既是長輩，加上之前也麻煩過新人，便又為她的姑婆與家明聯絡好碰面的時間。家明說，總不好約姑婆到咖啡廳來吧，老人家要是出門不方便，我們可以就近碰面，或是登門拜訪也可以的。

於是這一天，新人帶著我們遠到城郊來探訪姑婆。姑婆的家在一個小山腳下，簡單的公寓平房，旁邊用木籬笆還圍起了一個小菜園子。我看著這地方，勾引起許多童年時光回憶的畫面，很有一種溫暖熟悉的久違感覺。

新人說，姑婆每天早上五點起床念完經做完早課後，就來照料這畝菜園，採收的蔬菜也都分送鄰居親友食用。基本上，算是做身體健康的啦！新人笑著說。

姑婆是一個再平常不過的老婦人，只是寬寬長長的臉，透露出些許個性上的固執，細小的眼睛幾乎糾在一起，面容上看不出什麼喜怒哀樂的模樣。

她對我們說，這些耳朵邊的聲音煩死了！搞得她失眠好多天睡不好覺。

家裡的人因為醫生說是幻聽，都已經緊張得要命了，她老人家竟只是抱怨吵得她睡不好覺！真是一個性格的老婆婆。

家明問她：「那是什麼樣的聲音呢？是有人說話嗎？還是……？」

姑婆似乎對這困擾很是氣憤，沒好氣地說：「總之就是很吵啦，每天嗡嗡嗡地，像是一堆蒼蠅在叫，有時候好像有人講話吧，不過我也聽不清楚啦！從早叫到晚，煩都煩死了！醫生還叫我不要黑白想，我哪有，他才是黑白講啦！」

我聽到姑婆的抱怨，差點笑出聲來，這老婆婆還真是性情中人啊。

我們坐在客廳裡，家明端詳了姑婆一會，又環視客廳周遭，目光停在正對著大門的神明桌上。

那神桌上供著一幅神明的畫像，兩旁放著一個小木魚與罄，還有一串佛珠與幾本經書。家明走過去看了看，又走回來坐在姑婆旁邊對著她說：「姑婆您有在唸經喔！」

姑婆點點頭：「是啊！阿彌陀佛喔。」

家明又說：「您本來都是唸桌上的那幾本對不對？」姑婆點頭說是。

家明接著說：「可是大約一個月前，您又請回來一本新的經，現在整天都只唸那一本對不對？」

姑婆又點頭說：「是啊，師父說這本經很有感應，功德很大喔！」

家明慢慢說道：「那些嗡嗡嗡的聲音是從您改唸這本新的經才開始的吧。」

姑婆側頭想了一下才說：「好像是喔。」

家明緩言勸道：「姑婆，這本經不要隨便唸，如果真的要唸，用看的就好，不要唸出聲音來，尤其是不要晚上唸喔！」

「什麼！你說菩薩的經不可以唸喔！」姑婆眉頭整個皺了起來。

「是啊，這本經您用讀得就好，不要唸出聲來，最好也不要太常讀喔。那些聲音我準備東西給您洗一洗就好了，可是要是繼續唸的話，恐怕都不會好喔。」

姑婆聞言很是不悅，忿忿地說道：「你這年輕人不要亂講話！怎麼會說菩薩的經不可以唸呢！這樣對菩薩太不敬了！年輕人不信神明也就算了，怎麼可以說這種褻瀆神明的話！算了算了，你也不用拿什麼給我洗了啦！」

就這樣，我們差點沒被姑婆給轟出來。一旁的新人連解釋勸阻都來不及，也跟我們一起被姑婆請出來了。

回到車上，家明拿出他的包又寫了幾張紙交給新人。「這些妳先收著，試試勸勸姑婆吧。她的幻聽沒什麼，就是唸那本經引來的而已，清一清就沒事了。但是她如果再唸的話，還會再引來的。唉，妳勸勸看她，願不願意洗一洗。如果你沒辦法，是不是請其他的家人一起勸勸看，老人家就算用哄用騙的都好，總之就是別讓她再唸那本經了。」

新人只是一再道歉，沒想到姑婆如此執拗，希望我與家明不要介意。我拍拍她說道：「這沒什麼啦，妳先回去照顧姑婆吧，我們沒事的。」

在回程的車上我問家明，姑婆的事就這麼簡單？家明點點頭。

我又問：「真的唸經會出事啊？」

家明搖搖頭說，「別的經都還好，就那一本經不行，威力太大了！待度的幽冥眾生，一聽聞此經，豈有不蜂擁而至流連忘返的道理！姑婆誦經只會引來聽聞此經尋求解脫的眾生，但她卻無力度走，只能在她身畔徘徊了……」

我再問：「可是……可是我剛在姑婆身上什麼都沒看到啊？」

家明嘆道：「因為你其心不誠啊！你以為誰唸這本經都會這樣的嗎？姑婆老人家

虔誠向佛多年，誦經一心不亂，方有如此威神力！我看要是你唸，只怕蚊子蒼蠅都不會飛來一隻！」

④

回家後的那幾天，我一直想著「福禍無門，惟人自召」這句老話。

許多事常常看似深思熟慮，其實往往取決於一念之間。像是蝴蝶效應所說的，一隻蝴蝶在北京城拍動翅膀，會引發佛羅里達州颳起颶風。我們的一切命運遭遇，是否也如此細微地取決於我們的每一個動心起念？

家明常說，要小心看顧好我們本心，然而我們的這顆心，瞬息萬變念念相續，一晝夜竟可有八萬四千念。如此紛擾雜沓捉摸不定的猿馬，又該如何照護？

就算時時維續正心正念，但人心幽暗複雜，往往想法裡頭還有想法，念頭背後還有念頭，如何可以知道每個自以為良善純正的動機底層，到底是什麼力量在驅動著？

我試著接近問題的本質核心，但卻又擔心答案的真相過於殘酷醜陋，我不敢正視，也無法接受。家明說我只有來與受，我是不是把「放棄」偽裝成「放下」？是不是把逃避偽裝成豁達？

我想，我漸漸明白那天家明在海邊對我所說的那一番話了。

再隔幾天，又是做化療的時間。經歷這幾番事件之後，我突然有一種迫不及待要趕快回到醫院的念頭。

比起這世界的紛擾混亂，沒想到醫院竟是我可以平靜喘息休養生息的地方。進到病房往床上一躺，行李一扔萬緣放下，這世上所有的人事物便都與我無關了。起居作息有人指揮照料，我只要按表操課就好；這麼單純，這麼樸質，這麼平靜的生活，這麼巨大而簡單的幸福感，沒想到我竟然是在醫院的病房裡找到。

我這個心態，是不是不太正常？

入院的前兩天，家明又接到一個「難以回絕」的請託。

他找我過去加入旁聽，於是我便跟家明在與當事人見面的兩小時前先碰頭。我想先了解這個委託是怎麼回事，為什麼又讓家明難以拒絕。

「這個委託是一個在中部的老朋友介紹來的，我與他其實挺多年沒有聯絡，他突然找我，我也覺得有點奇怪，不過聽完他敘述事情的原委，我就不得不答應與當事人見面了。」我們坐在一間安靜茶藝館的小包廂裡，家明慢慢地說了開頭，喝了一口東方美人茶。

「那麼這個當事人是誰呢？」我端著小茶杯，靜待家明開始講故事。

⑤

劉教授是一位已退休的醫生。雖然大半輩子都在中部一所頗具規模的教學醫院服務，但認真說起來，他比較喜歡人家稱呼他劉教授，而不是劉醫師。

劉教授可算是國內心臟外科的先驅與權威，許多國外新研究開發出來的醫學技術與醫療方法都是他與他的醫學團隊率先引進的。一些現在看來已經普通平常的手術，例如心導管氣球擴張術、心血管支架安裝、瓣膜修復、冠狀動脈繞道、主動脈剝離手術等先進技術，劉教授都可說是這方面醫療的先行者。

然而鍾鼎山林，各有天性。劉教授雖然嫻熟於心臟外科的醫療技術，但他並不想成為一個每天排滿了刀，一站就是十幾小時的名醫。他無心賺取過多的財富與名聲地位；雖然後來當上了專科主任與副院長的管理職，他的志趣始終是研究教學與行醫並重。不論外科醫生的工作有多忙碌，他始終堅持每年一定要在醫學院裡開一到兩門課，也固定會空出時間進行他的研究計畫。

正因如此，儘管劉教授資歷深，輩分高，但始終不算很有名氣，只有在他的專業圈子裡，是眾人熟知的前輩與業師。而在退休之後，醫院方面為了表示對劉教授的感謝與支持，特地敦請他擔任名譽副院長的顧問職，專司醫學研究工作與新技術的引進，只保留每週一次的門診時間，繼續替他的老病人服務。

如此一來，劉教授便有更多的時間可以自由安排他志趣所在的工作。

和大多數醫生一樣，職業生涯裡看多了人間的生老病死，特別是動輒開膛剖肚血流見骨的外科醫生，劉教授也擁有虔誠的宗教信仰與生命哲學的修養，以維持自心內在的平靜與安穩；特別是身處心臟外科這個往往與病人性命攸關的工作崗位上。而隨著年歲的增長，劉教授的研究興趣慢慢由醫學轉到宗教上。

舉凡佛門內典三清丹道，或是佛道儒混雜的民間信仰，劉教授都多有涉獵，而且亦都有一定程度的造詣與識見。

佛學教義與道家經典的義理研究久了，不免會往靈魂學神秘學等超自然現象的方面去。畢竟，佛學並不是佛法，道法也不完全是道教，真要解決死生事大的問題，光憑宗教的哲學面向是不夠的。只不過身為一個高級知識份子，又在醫學這個理性科學的領域裡，劉教授對所謂的神秘學始終抱著一個存而不論若即若離的態度。

但真正讓劉教授對玄學產生濃厚興趣的，是因為那個在他退休前一年，特地遠從南部上來指名找他求診的病人。

⑥

那天下午，劉教授並沒有門診。他正在辦公室裡審閱幾個研究生的實驗數據的時候，內線電話突然響起。電話是一樓服務台打來的，原來是有一對母女堅持要找劉教授，在醫院大廳裡哭鬧著不肯離去。

劉教授急忙趕到樓下，找了間沒有人使用的診間，便將那對母女請了進去，問清楚是怎麼回事：

原來那婦人來自南部的一個小漁村，她的先生有多年的心臟冠狀動脈硬化病史，做過氣球擴張術與支架安裝，幾天前又因為心臟不適而入院治療。醫生經過檢查判斷，必須要進行開心繞道手術，但因為病人年歲已高，又有高血壓與糖尿病，如果進行開心手術再使用體外循環機，醫生評估病人極有可能難以承受手術帶來的巨大壓力，以及手術過程可能發生併發症的高風險；但若是不開刀，只憑藥物治療已無法處理如此多條冠狀動脈的狹窄阻塞，恐怕病情難以樂觀。

醫生一時無法決定如何處置，並對那婦人坦言手術的風險非常高。婦人一輩子都在漁村裡度過，亦不知如何是好，值此生死關頭，自然而然想起到鄰近城市的某著名宮廟問事。

豈知廟裡乩童開壇作法起乩上身之後，雙眼緊閉一陣搖頭晃腦，竟然有條不紊清楚地說出了劉教授服務的醫院名稱與劉教授的全名！

那乩童言道，病人的病情十分凶險，若是能找到劉某某動刀，這一劫就可以安然度過，劉某某醫術精湛經驗豐富，加上又與病人前世有緣，是他命中的貴人，只要能找到他就有救了！

婦人半信半疑之下也不作他想，抱著這一絲絲渺茫的希望，隔天便急忙趕赴中部劉教授服務的醫院。一打聽之下，竟然真的有劉某某這位醫生！還剛好就是心臟外科的資深權威！這下婦人說什麼也要見到劉教授一面，要親自求他救救她的丈夫與一家之主一命。

婦人邊說邊哭，聲淚俱下，也分不清她是因為神明指示靈驗重現生機的喜悅而哭，還是因為丈夫重病命在旦夕的悲傷而哭。待她好不容易把事情的始末說清楚，劉教授整個人也已經呆掉了……

「這是多麼神奇的故事，多麼不可思議啊！幾百公里外從未謀面的陌生乩童，竟然能夠說出我的名字還親自指名由我主刀……天地間真的有神靈的存在嗎……」

劉教授被這離奇的故事所震撼，他心神大受激盪之際，又是驚訝又是激動，馬上答應婦人的請求，立刻協助安排她的丈夫轉院前來開刀的事宜。

果不其然，這手術對劉教授來說，複雜棘手但不困難，這一台刀開了六個小時，手術結果非常成功！

而自從那次事件之後，劉教授便對靈學玄學神秘學產生了狂熱般的興趣。人體的奧秘他已經研究得差不多了，但這個天地鬼神無形空間的靈異世界，他還是第一次接觸，而且竟是如此親身經歷的深刻體驗！

劉教授踏上這探索之旅的第一站，便是那婦人前去問事的南部宮廟。一來向供奉的主神參拜頂禮，一來要向乩童師父致意。他尋訪到那位說出他姓名的素昧平生的乩童，表明了身分與來意。待乩童再度起乩，劉教授心中萬分激動，縱有滿腹疑問一時也不知從何問起，只是諾諾地說道師父，這是怎麼回事？怎麼會這樣？為什麼會這樣？這其中有什麼道理？

那乩童依舊搖頭晃腦，帶著一口奇怪的口音，說的話也是半文不白。那乩童言道，劉教授來歷不凡帶有天命，與道門不但有緣而且淵源極深，救世渡眾是他的使命，希望他莫負上天仙佛期許云云。

劉教授聞言又驚又喜，感到一個全新未知且神奇奧秘的世界正向他打開，吸引他前去一窺究竟。於是沒多久之後，劉教授便辦理了退休，這些年來他四處奔波多方遊走，打探尋訪名師高人，希望在這條未知的道路上可以得到若干指引與幫助，協助他完成「天命」。

⑦

家明詳細說完劉教授的故事，我不禁也聽得大感神奇，興味盎然。

但我看家明的神情木然，臉色黯淡，難道，這故事他還沒說完？

於是我問：「那麼劉教授為什麼要找你呢？也是要尋訪高人嗎？」

家明一口喝乾了茶，有點不情願地說道：「他身體不舒服。」

咦？怎麼會是這樣？

家明又斟了滿杯喝完，輕輕晃著小茶杯看著杯底的茶渣。「其實，一開始，我不打算跟這劉教授見面的。」家明繼續晃著他的茶杯，那模樣有點無可如何的味道。

我奇道，為什麼？是有什麼特別的原因讓你想拒絕他嗎？

家明從口袋裡掏出一張紙條放在桌上攤開來，我看了一眼，上頭寫著劉教授的姓名與生日，還有一個地址。家明拿起紙條朝它呵了一口氣，再將紙條放在桌上用手指在劉教授的名字上用力抹了幾抹。

「來，你把手放在這上面試試看。」家明輕輕這麼對我說。

我傻傻地不明所以，也沒想太多，便把手放在那紙條上。

結果我的手才剛碰觸到劉教授的名字，我整個人就快昏倒了！

我感到一陣電流貫穿全身，頭暈目眩噁心想吐，胸悶頭痛全身發軟，我連將手拿開的力氣都沒有，勉強抬起頭，一手抓著胸口，掙扎地對家明說，這是怎麼回事！怎麼會這樣！

家明默默地將紙條從我手底下取出來，又摺疊收好放進口袋。

「知道厲害了吧。」他說。

我不知道該怎麼形容方才的感受，即使我的手已經離開那張寫有劉教授姓名的紙條，但那股胸悶頭痛，那股噁心想吐，那濃密厚重的壓力，令人作嘔的惡臭，令我頭皮發麻的電流，我像是置身在一個無邊無盡的糞坑還是一個碩大無朋深不見底的垃圾掩埋場裡……我看著家明，心有餘悸……

家明幫我倒了杯茶，拿起桌上的溼紙巾幫我擦了臉，再走到我背後用力在我背心拍了幾下，然後雙手按在我肩膀上。

我喝了茶，定了神，家明的雙手一邊有熱力傳來，一邊有清涼的感覺傳來，沒多久，我就好多了。

家明回到座位，安靜了一會才又悶悶地說：「我本來根本不打算跟他見面的……自己惹出來的麻煩，就要有本事自己去收拾……都幾十歲的人了，還整天懵懵懂懂地胡搞瞎搞……這些年惹來這麼多都卡在自己身上……不是莫名其妙嗎！渡眾生、簡直是拿自己生命開玩笑……」

怎麼家明看來似乎很討厭這劉教授呢？「你怎麼啦？幹嘛生氣？」我問。

「沒什麼好生氣的，我只是對那些帶有『救世主情結』的人一向避之唯恐不及，誰釀的酒誰喝；唉、可是我看過太多執迷不醒的人，等到大難臨身才來怨天尤人……唉，算了不提這個了，反正他不是第一個，也不會是最後一個。」家明微慍嘆道。

「那你怎麼又會答應跟他見面呢？」我小心地問。

「唉，劉教授一生行醫懸壺濟世，或直接或間接因他的治療與研究而解脫病痛折磨痛苦的人實在不少，他這樣活人無數積下諸多功德的醫者來找，這種面子我不能不賣的呀！」

⑧

我與家明悵然無語，靜靜地坐在這茶藝館的小包廂裡等待劉教授的到來。

中間我出去抽了根菸，想到剛剛觸碰到紙條時的恐怖感受，不知道家明要怎麼處理這次遇到的難題，又不知道要花費多大功夫與力氣才能搞定。

雖然性質與新人的學姐與姑婆頗有相似之處，但我想，這次遇到的問題真的沒那麼簡單可以收場的吧！我默默地又抽了一根煙才走進包廂。家明端坐桌前閉著雙眼，似在閉目養神養精蓄銳。

後來又過了一會，遠從中部北上的劉教授才姍姍來遲。

他大約六十出頭，長相與外表看來純樸平常，說起話來頗有一股學者的味道。他用微微顫抖的手掏出手帕擦汗，連聲說道不好意思，年紀大了視力衰退，剛才沒看清楚之下坐錯了公車又急忙折返，才會遲到了。

我招呼劉教授坐下，給他倒了杯茶讓他喘口氣先稍事休息一下。

家明看來已經養足了精神，他的雙眼微微發亮，堅定而和緩地開口說道：「教授，昨天陳醫師已經把您的情形跟我說過了，怎麼樣，今天的狀況還好嗎？全身檢查的報告是不是有帶來了？」

劉教授的情形雖不能算是重病，但狀況非常之多，幾乎全身上下到處都有問題。他的主訴症狀有：長期的腰痠背痛雙膝無力，暈眩與偏頭痛；前陣子因為突如其來的血尿而去做了詳細的全身健康檢查。報告一出來劉教授大為震驚，沒想到整組都快要壞光了：腎臟發炎，肝指數異常，慢性胃潰瘍，直腸息肉，輕微貧血，連雙眼都視力衰退，一眼還出現白內障初期的症狀。

雖然這些症狀都已經開始服藥治療，但劉教授心裡總覺得奇怪，鎮日心神不寧精神渙散，睡不成眠食不知味。不但生活作息大亂，連白天的正常工作都受到影響，他覺得自己似乎出現了憂鬱症與恐慌症的跡象。

他常常感到恐懼，但到底在害怕什麼自己也說不上來，只覺得心裡有深深的不安全感。劉教授這些年來也認識了幾位「高人」，自然會去尋求他們的幫忙。但是幾次處理之後，總是小有改善便又故態復萌，難以徹底根除這些症狀。

因緣際會之下，劉教授透過一位昔日的學生介紹與安排，今日特地北上來向家明求教，看看家明能否提供他什麼幫助。

家明大略翻了一下劉教授的體檢報告，正色看向他緩言說道：「教授，您這些症狀大約是一年前陸續開始出現的對嗎？」劉教授點頭稱是，家明續道：「不過依我看，這些禍根恐怕是二年前便已種下，您回想一下，兩年前，是否有發生什麼事？」

劉教授以手稱額說道：「哎、家明連你也這麼說喔！我自己也覺得好像是這樣……大約兩年前我認識了一位大師，他的功力與修為都十分高強，雖然自創一個教派，只是為人神秘低調，名氣不算太響亮。據說，他是不輕易見人的，但是我第一次拜見他的時候，他說我與他累世都有宿緣啊……就當場收我為弟子了。這位大師真的很有本領，拜師那天晚上，他只拿支筷子與八卦在我後腦杓敲了敲說是替我開靈竅，當場我就有感應了！他說我的使命是要廣渡眾靈，便要我在家裡設置一個佛堂供奉神明，並且規定我每天晚上要在佛堂裡練功做功課，用他教我的方法超度無形眾生……家明你的意思是說，我這些症狀都跟這件事有關嗎？」

「嗯……」家明聞言沉吟了一下，閉目凝神，低頭無語。

雙方靜默了一會後，家明拿出那張紙條，細細端詳上面的地址，才又開口說道：「教授，有些事是不能太莽撞的，我這麼說還請您別見怪，您的狀況很像是……很像是……這該怎麼說呢？嗯……就好像是您廣發請帖，四處吆喝請人家到府上吃流水席，但是客人來了老半天，始終沒有開席上菜，您想想，這麼多餓著肚子苦等了老半天的賓客們，要不要生氣，要不要惱火呢？更何況這個情形不是一天兩天，而是一年兩年啊……您想想……這些生氣的客人只怕難以計數到底來了多少啊……」

劉教授聞言一愣，張大了嘴巴說不出話來，那表情竟是感慨萬千百味雜陳。

家明也沒說話，讓他靜靜地自己好好想一想。劉教授又喝了好幾口茶，才慢慢開口：「那麼家明你說我的狀況怎麼辦？能治好嗎？」

家明溫言道：「教授，您的問題不難，只是比較麻煩。日積月累之下已經有些積重難返，治絲益棼恐怕很要花點時間。我想，可能要麻煩您抽空與我見上四到六次，並讓我追蹤觀察，我們一起大概要用上一兩個月，逐步下手慢慢解決，不知這樣可好？」

劉教授連連點頭說沒問題沒問題，家明又道：

「還有一點要請您務必配合，就是您晚上的功課也必須要馬上停止，不要再做了。您這樣好比是盲人瞎馬，凶險甚大啊……只怕您的佛堂也大有問題……我看能撤就撤掉吧……唉……佛在靈山莫遠求，好向靈山塔下修啊……」

劉教授急急接口說道：「這些我都可以配合，但是，但是我的使命怎麼辦哪？」

家明看著劉教授，堅定不移地說道：「如果真的要說您有什麼使命的話，我也可以認同，只不過我認為，您數十年來白天的醫生工作，不就已經渡了許多眾生，為他們超拔病苦的折磨了嗎！」

⑨

兩天之後，家明依約南下中部，到劉教授家中探視訪察。

我因為已經排定了化療，便乖乖回來醫院報到。雖然未能躬逢盛會陪同家明出馬，但坦白說，就算家明來找，劉教授的事我根本也不想去啊。

這回化療醫院沒有空病房，主治說，反正只是例行公事，這次不用住院，把藥打完就可以回家了。於是我走進治療室裡等藥物準備好。護理師熟練地將化療藥接在注射器上，在控制面板上設定好時間與流量，對我說那我們開始了喲。

我坐在這張狀似豪華按摩椅的大椅上，旁邊放了一疊醫院準備的書報雜誌。

我隨手拿起翻了翻，沒有什麼想看的。正確地說，應該是我什麼也不想看。我一會望著牆上的時鐘發呆，一會又看著沉默不語的注射器，忠實敬業地將藥物一點一滴打進我的身體裡。

藥物的極限在哪裡呢？我身體能承受的極限在哪裡呢？人類的肉體到底是一具臭皮囊還是裝載靈魂的聖堂呢？到底是我被困在這肉體裡，還是這肉體被我不安的心所綑綁？那麼像家明這類人的極限又在哪裡？他的能力能夠發揮到何種程度？他能預測我的命運嗎？他又能否知曉自己的命運呢？

我升起許多疑問，但我什麼都不想知道。

我坐著神遊四方胡思亂想，不小心將放在腿上的一疊讀物滑落在地上。

我彎下身子拾起那些書本，猛然驚見一本善書背面印著的兩句話：

如能轉念　何須我大慈大悲

若不回頭　誰為你救苦救難

我輕聲唸著這兩句話，閉上眼睛，慢慢感受注射進來的化療藥物，在我血管內奔走流竄。

一見大吉

在層層無明之中，我們還知道自己是誰嗎？
還記得我們的原來樣貌嗎？

連續下了好多天悶煞人的雨，今天終於放晴了。喜歡下雨的人總會說，雨水滋潤大地使萬物勃發生機盎然，或說下雨是老天在給這汙濁骯髒的世界洗去塵埃。但不喜歡下雨的人只覺得又悶又煩，根本不會有什麼詩情畫意的聯想。

不管你怎麼想，雨就是雨。

不論你喜不喜歡，雨會下就是會下。

雨並沒有針對性，它並不會因為你的喜歡或不喜歡，便特地為你下或不下。

如果你是良田，遇雨便可獲得滋潤灌溉。如果你是廢輪胎，遇雨很可能只會孳生蚊蠅病媒蟲害。

我只希望下雨的時候，我是待在屋子裡聽音樂喝咖啡就好。

還記得那場「驚心動魄的降靈會」嗎？

那個身心靈成長中心的負責人黃小姐，後來沒多久就把中心收掉了。但為了生計沒辦法，只好把型態改為場地出租給別的老師開課或辦活動，自己當起二房東來。那位塔羅老師跟她過去有合作過，所以降靈會那晚她才能透過塔羅老師的幫忙，輾轉找到家明。

這天晚上黃小姐在家下廚，邀請塔羅老師與家明及一些其他朋友一起到她家吃飯。這頓飯吃得輕鬆愉快，大家只是閒話家常，聊聊彼此最近生活與工作的近況和心情。黃小姐的廚藝相當了得，雖然只是幾道簡單的家常菜，但吃來清淡爽口，不油不膩。我好久沒吃到這樣的家常菜，飽餐一頓後覺得非常滿足愉快。

①

我們七八個人吃得差不多之後，大家一起幫忙收拾碗盤到廚房清洗，黃小姐泡上一壺茶來，我們繼續坐在餐桌旁閒聊著。此時塔羅老師接到一通電話：「嗯……嗯……是，我們差不多結束了……妳真的要過來啊？」塔羅老師講電話的口氣猶豫，神情似略有不悅還稍稍皺起了眉頭。「嗯嗯，那好吧，我們等妳就是了。」講完電話塔羅老師嘆了口氣對在場的人說：「小倫說她現在要過來，還買了茶點跟水果……」

我看塔羅老師的表情似乎有些無奈，好像不歡迎這個叫小倫的加入，我再看看其他人，幾乎大家的反應都是一樣，露出了無可奈何的面容。我暗想，怎麼了？這小倫好像在這群人當中是一位不受歡迎的人物啊……可人家不是還很熱心要買水果茶點來請大家吃嗎？為什麼大家都一副不希望她來的模樣？

塔羅老師轉頭對家明說道：「家明啊，不好意思。這個小倫我已經避她好一陣了，這小姐老是惹出一堆問題來。本來，我閃避了這一陣她已經漸漸安靜下來，可她知道你這位仁兄之後就一直想方設法找機會要見你，唉……也不曉得她怎麼會知道今晚我們一起在這吃飯的……不好意思，一會要請你多多包涵了。」

家明張大眼睛微微笑道：「怎麼、她很麻煩嗎？」

「唉，這怎麼說呢……」塔羅老師吞了口口水，似在琢磨該怎麼措辭，「小倫這人哪……唉……初認識的時候大家都會覺得她爽朗熱情，大方有禮；可是相處的時日久了，就會慢慢發現其實她是……這個……有點表裡不一的人……。」

「何止表裡不一，根本言行也不一！」一旁有聲音接口附和著。難道是吃過她虧的人？

家明聞言好像也不以為意，只是隨口說道：「哦？是這樣？」

「是啊！」又有人出聲了：「她最會在表面跟你裝熟裝好人，可是背地裡都偷偷講別人壞話，甚至搬弄是非挑撥離間啦！」看眾人紛紛點頭表示同意，我心想到底這小倫怎麼會弄得眾人都對她有如此大的意見？

塔羅老師又道：「她的兩舌、惡口、綺語、妄語，這些我們都先不談，就一個惹是生非跟心口不一就夠讓人頭疼了。我算牌趴已經避了她幾次，她又偏偏是個愛湊熱鬧的攪和咖，我看她待會過來，搞不好又有什麼莫名其妙的事要煩你了。」

「一定是要問些有的沒的啦……說她犯小人啦……我看她根本自己才是小人。」

「可能是要問感情喔！她說她單身好久都沒人追……還要我幫她介紹男朋友。」

「才不是哩！她一直都跟一個有婦之夫在一起啦……只是她都不說而已……」

「我聽說她最近好像跟人家去上什麼『靈修課』耶……她說她有『提升』了。」

這可好，這小倫到底是怎麼回事？眾人七嘴八舌，批評聲浪此起彼落。她只不過是要來湊熱鬧而已，還好心幫大家帶了水果點心……怎麼竟似犯了眾怒？

黃小姐也說，這小倫其實是很熱心的人，她的中心要是有辦什麼活動或新開什麼課程，不但自己會前來捧場，也會呼朋引伴拉一群人來參加。認真說起來，黃小姐是很感謝她的熱情與熱心的。但是漸漸她也發現小倫其實人前人後兩個樣，而且幾個不同掛的朋友湊在一起，經常惹出一些是非糾紛來。

②

小倫確實帶了一堆茶點水果來與大家分享。她很熱心招呼大家吃東西，言談與神色間都非常輕鬆自若，舉止也相當平常，不但沒有任何異狀，我甚至很難把方才眾人口中那個爭議多多的小倫同她聯想在一起。但一直到後來我才知道，這正是她厲害的地方。

說起來，我感覺小倫這人作風應該還挺洋派的。身形不高，略顯豐腴，輪廓算深，眼睛大嘴巴小頭髮長，皮膚還是剛曬過的小麥色。看起來，其實還挺有種健康自然美的模樣。而她也並沒有如塔羅老師所說，緊巴著家明追問一些有的沒的的事情；她看來就只是參加一個朋友聚會，跟大家隨意閒聊，也很關心黃小姐中心的生意好不好，最近有新開什麼課程這樣而已。眾人也很有默契地收起剛才的種種議論，邊享用食物邊聊一些比較輕鬆的話題。

某種程度上，我與家明都算是局外人，對於女人之間的戰爭，我想我們還是站遠一點的好。

到目前為止，不但看來一切平常，小倫這人也不顯討厭。但因為剛剛已經先聽過眾人對她的評語了，我心裡忽然有個念頭：聰明的獵人是不會輕易嚇跑他的獵物的。小倫自然熱情地招呼大家吃東西，邊述說著前幾天她去北海岸有多好玩。偶爾，我有幾次瞥見，她或偏著頭或低著頭，乘機在動作間，偷偷瞄了坐在對桌的家明幾眼。

而家明只是安靜地坐著，臉上掛著微笑，偶爾少少地吃了幾口小倫帶來的東西，手裡依舊捧著他的茶杯。我又想：這兩個，到底誰才是獵人，誰又是獵物？

閒聊中，時間過得很快，水果點心也吃得差不多了，眾人幫著收拾桌面的殘餚餐具，我看見已經有幾個人的神情像是準備開口告辭，心想時間也差不多可以散場了吧，沒想到小倫這時開口同家明說話了。

出乎眾人意料之外，她並沒有什麼疑難雜症要問家明，比較像是……分享她最近去上的一些靈修課程的體驗與內容。她請教了家明關於一些課程內容的看法，那都是些我沒聽過的名詞：靈魂呼吸？光的課程？奇蹟課程？ＳＲＴ？零極限？最後這個我倒是有聽說過。

這話題好像引起了旁人的某些興頭，於是大夥又開始討論這些課程的內容等等。我對這些花樣原是沒什麼興趣，但我看家明沒有要走的意思，似乎還挺認真地專心聽著她們討論，甚至偶爾還可以插上些話？我感到有些納悶又有些無趣，但家明沒有要離開的樣子，我只好耐著性子坐在一旁等待。而主人黃小姐竟也沒有送客的意思，還又重新泡上一大壺茶。

對這些課程到底是教的什麼東西、學了又有什麼好處，我沒有絲毫興趣，自然而然也不會專心仔細聆聽。勉強聽了好一會，悶得我轉過頭去偷偷打了幾個哈欠，再看看手機，都已經快午夜十二點了，你們這些人明天是跟我一樣不用上班嗎？

總得找些事來做，不然我真的會睡著。我在心裡想著。

③

於是，我又拿出狗仔的毛病，貌似旁聽狀，其實在心裡暗自觀察與度量小倫。從她的外表與言談，實在看不出她像塔羅老師所說，是個表裡不一專門挑撥是非的麻煩人物；更何況，她還去上了一堆靈修課；雖然我不清楚具體內容，但我實在不明白，怎麼上了這麼多靈性成長課程的人，在朋友旁人眼中，竟會有如此負面的評價與考語？我更不明白，家明怎麼還不走！

我轉頭面向家明，預備在他與我目光交會之際，趕快給他使個眼色，告訴他我想走了！但我看了幾回，家明始終沒看向我，他反而興味盎然似地在聽小倫說話。我百無聊賴，順著家明的眼光看過去，我竟然發現，小倫雙眼的一對黑色瞳仁，時不時會往左邊斜去！我又等了幾次，想仔細看個清楚是怎麼回事，但小倫這個黑瞳斜視的現象並不是時時出現，只是在說話的句子與句子之間，偶爾會閃過幾次，而且每次都稍縱即逝。雖然停留時間可能只有十分之一秒，但那個偏焦斜視望著空無的詭異眼神，確實讓我打了個冷顫。

我看向家明，我想確認是不是我看錯，而我發現他也緊盯著小倫的眼睛。我再看看其餘眾人，他們一如平常，好像完全沒有發現小倫眼睛的異狀。那麼，到底是怎麼一回事，是我眼花看錯嗎？還是只有我看到小倫的黑眼珠亂跑？我閉氣凝神，小心翼翼全神貫注，偷偷緊盯著小倫的雙眼，沒錯，我又看到了幾次，她的黑瞳，確實會不自主也不自覺地往左斜睨！

當時我略顯慌亂，心想這是怎麼回事，又不知道要不要跟家明說，也苦於找不到開口的機會；正作沒手腳處，突然感到一陣陣寒意，從我腳邊襲來，慢慢地往上走……往上走……我再看向小倫，我感到她好像整個人被一團不斷瀰漫湧出的黑霧籠罩著……那黑霧飄動極慢，不像氣體瀰漫的模樣，倒有些凝固糾結的感覺……我還沒能完整看個真確，突然畫面一閃，我又感覺到小倫身後似有一團熊熊烈火，無聲地燃燒著。那許多火舌翻騰張舞攪動，但卻感受不到絲毫熱力，冰冷的火焰偏偏也是墨黑色的！

我看著這無聲無溫的畫面，詭異奇特的黑色火舞，與瀰漫凝固的重重黑霧，交替在小倫身後閃過，再加上她時不時斜睨的黑瞳……我感到驚恐莫名。但這些畫面都在極短的數秒間一閃即過，我不知該如何反應，只覺得心跳加速，腳邊的寒意越來越盛，但桌前的眾人，包括家明與小倫，黃小姐與塔羅老師等人，全都毫無異狀……我到底該如何自處？這是怎麼回事……但也幸好，這些畫面都只閃過即逝，沒有停留，我還勉強可以撐得住……

我試著穩住自己，不要弄出什麼不可收拾的尷尬場面，雖然身體沒有什麼不舒服的感覺，但心裡的莫名與驚恐，卻要花好大力氣才能壓住。我看家明，依然默默聽著他們的談話與閒聊。我不知他將如何，我只好穩住自己僵在那裏。

就在此時，一直靜默微笑的家明突然直視小倫，兩道筆直銳利的目光射向她，臉上甚至還掛著一抹微笑開口說道：「你到底是誰？」

④

眾人尚未會過意來，家明的語氣聽來甚是平常，但他這輕飄飄的一句你到底是誰一出口，現場情況大起變化，頓時一股突兀、詭異、驚嚇的氣氛降臨全場。

小倫臉上還是那個聊天的神情，張著嘴，一副不明所以的樣子。

家明的目光變得更銳利了，甚至還帶著點凶狠的壓迫感，他又說了一次：「你到底是誰！」這句話搭配他臉上的微笑，我甚至感到連家明也變得恐怖詭秘了！

這時小倫放在桌上的雙手開始微微發抖，雙臂夾緊雙肩高聳，她的面容也開始發生變化，不再是剛才談笑風生的神情，臉上慢慢顯出了怒容，我聽到她連呼吸都變大聲了……突然間，小倫的雙手往桌上用力一拍，碰的一聲大家都嚇了一跳，我看到小倫的頭往前傾，兩手撐住桌面，面部微微朝下，但一雙黑瞳仁惡狠狠地瞪住正前方的家明。

家明視若無睹，似乎不為眼前驚悚的變化與畫面所動，他的微笑更大了……嘴角也咧得更開了……他只是笑著又說了一次：你到底是誰。

小倫一手依舊放在桌上，另一手握起了拳頭又在桌上狠狠一擊，一旁的眾人全嚇傻了，全場鴉雀無聲，只見小倫張開了嘴似乎要說話的樣子，但她口中只能發出混濁的呼呼荷荷聲，呼吸間的出入息也變得更急更粗重。她兇惡地盯著家明，似乎想開口對家明說些什麼，但顯然她說不出話來，彷彿有什麼物事鯁在喉間，口不能言，只能荷荷作響。

這時家明突然大聲地又說了一次：「你他媽的到底是誰！」他的音量與氣勢震懾全場，我頭一回聽到家明如此大聲說話還夾了句粗口，也是當場嚇住了！

而小倫似乎並不害怕，雙手用力地拍著桌子，家明見狀馬上揉身而起，將小倫面前桌上的東西全都挪到一旁，其餘的眾人也紛紛起身，著急慌亂地將桌面清空，我與大家退在一旁，心中暗忖，有大事要發生了……

家明站起身來，朝塔羅老師招了招手：「妳帶他們去後面房間避一避！」

眾人聞言驚慌失措地開始移動，還有人不忘跑去拿放在一旁沙發上的皮包，三步併兩步都躲進後面的房間立刻將門關上。家明走到門前，對著裡面說道：「你們在裡面盡管聊天說話，不要管外面的事！不管外面發生什麼動靜，沒有我的召喚都不要出來！」

幾下忙亂之後，現場只剩下我與家明站在桌旁，盯著座位上的小倫。她兩眼依舊惡狠狠地盯著家明，張著嘴繼續發出荷荷聲。家明在桌前來回踱步，小倫的頭眼目光也隨著家明的身形移動。我在一旁觀望，小倫的下半身籠罩在那股冰冷的黑霧中，上半身的背後有黑色火焰張牙舞爪無聲地竄動著。這是怎麼回事？

家明走了一會，將椅子拉開再度在小倫面前坐下。「這麼大一群啊……」家明邊說邊轉頭跟我拿了根菸，我看他慢條斯理地將菸在桌上輕輕敲著，好整以暇地慢慢將火點上，對著天花板噴出一口濃煙，神情看來竟然有幾分寫意！

他抽了一口菸，續對小倫（但，這還是小倫麼？）說道：「來這麼大一夥又如何呢……嘿嘿……你們的憤怒還真不小啊……嘿嘿……來啊……有什麼怨氣就都衝著我來吧，嗯？」語畢家明往後一仰靠在椅背上，竟是大剌剌地抽起他的菸來！

小倫見狀更是憤怒，兩手又用力地在桌上拍了好幾下，我感覺她似乎掙扎想站起來，但起身這個動作卻無法完成，嘴巴扭動著，好像要說話……？

家明又喝道：「你到底是誰！說啊！你說啊！說得出來嗎？光衝著我發火有什麼用？再兇啊，以為你們人多就會贏嗎？你，帶頭的，你說啊，我給你機會說，你說得出來嗎？你到底是誰！還記得嗎？」

此時小倫的神態似乎軟化，臉上的怒意退去，慢慢地現出一個迷惘的神情，我看她背後腳下的黑火與黑霧態勢也稍稍和緩下來。我看著若有所失的小倫，好像漸漸在她身上看出一個個層疊的黑影之際……小倫突然開口說話了！

「我怎麼了？我……我沒事吧？」

家明微笑著，雙眼的目光依舊咄咄逼人，又嘿了一聲：「你們這群，自然有人來收拾！」語畢家明站起身來拉開椅子，以嘴叼菸噴出陣陣濃煙，雙手比畫著幾個姿勢，雙腳歪歪斜斜地踏了七步……待家明一站定，我感到現場的氣氛霎時起了極端變化，原來的驚恐詭異已經一掃而空，取而代之的，是陣陣的陰涼與靜肅，還帶著幾分的壓迫與嚴厲……我耳邊安靜得出奇，現場雖說不上是陰風慘慘，但我想相去也不遠了。

小倫又斷斷續續吞吞吐吐地說：「我……我很好……沒事的……你不要這樣啊……」

我心中疑竇大起：說這話的，是小倫麼？是她覺得自己沒事麼？還是……還是那不是小倫的在裝乖呢？這說話的人到底是不是小倫呢？我分辨不出來……

⑤

在這森森陰氣之中，家明在桌前站著。他一手拿著菸對著空中比畫，似在寫些什麼？突然我驚見家明的身形似乎瞬間拔高了好幾倍！我看到一個巨大的家明站在面前，身著白色長袍看不見雙腳，長長的頭髮披在身後幾乎及腰，頭上竟還似乎頂著一個白色的長方形物事，上頭彷彿寫得有字！

我驚訝莫名，這並不是我頭一回在家明身上看到重疊的身影，但面前的景象已然不可思議到極致……我望著面前高大的家明，長長的眉毛幾已垂至嘴角，似乎他的兩眼與雙眉也已經變長下垂？嘴裡似乎伸出一條鮮紅的物事甩動著，長度幾乎及胸了……那……那是舌頭嗎？

我傻在當下，眼前高大的身影輕輕舞動著，動作不大，甚至有點輕盈飄逸，我全身寒毛豎立，看著他的長眉與長舌，還有長髮與長袍一起舞動著，手上好像拿著什麼東西我看不真確……

我還沒來得及反應，又聽見家明邊舞動著邊發出：嘿嘿……呵呵……嘿嘿的呼聲。他舞得越起勁，嘿嘿呼呼聲也拉得越長，我定睛再看，不只是家明身上的影像，甚至連家明自己，也已經隨之起舞了！

小倫猶自呆坐桌前，嘴裡喃喃自語：「我沒事……我很好……沒事……很好……」家明突然猛地將手一揮，指著小倫說道：「汝、過～來～」那個來字的尾音拉得甚長，我感到一股陰森淒涼之氣隨著這話語送出。小倫發著抖慢慢扶著桌子想要站起來，我又聽到一個聲音：汝，攙扶她來！

我不及遲疑，趕忙向前將全身發抖雙腿發軟的小倫扶住，慢慢往家明走去。

待我們來到高大家明身前，我又聽到那個顫抖、悲戚、陰涼、高昂中帶低沉的尖音，那身影指著小倫說道：「某某某」竟是直呼全名！「某某某，嘿嘿……今日不為你來……嘿嘿……但也為你來……呵呵……口蜜腹劍……嘿嘿……怪道物以類聚哪……嘿嘿……地縛靈一等……吾自收去……嘿嘿……呵呵……惡口兩舌……莫待刨心拔舌……呵呵……方知陰曹不虛！嘿嘿……眾生易騙……哈哈……陰曹難欺……嘿嘿……呼呼……難欺……！」

這話語的內容已經讓人驚恐莫名，但好似特意拉長的繞樑尾音，更直是教我不寒而慄！

那高大白影說完將手一揮，寬大的長袍與衣袖旋即飄起，將小倫下方的重重黑霧捲起，收入衣袖之中。我好像又看到一條黑色長索揮出，立即捆住小倫身上重疊的那幾個黑影，高大白影手一抽，那黑索綁著幾個黑影飛離小倫身上。在又要收入白影衣袖之際，我竟然聽到幾下金屬碰撞發出哐啷的聲響！難道那東西竟不是繩索……而是……鐵鍊？

小倫身下的黑霧已經全消失了，身後的黑色火焰也變得微弱，但看得出來火勢依舊燒著，只是變小了。

那高大白影（其實是家明）接著伸出衣袖在小倫頭上揮著，又輕飄飄慘兮兮地對她說道：「某某某……呵呵……嘿嘿……諸惡莫作……呼呼……眾善奉行……呵呵……眾善……奉行哪……好自為之……莫待你我再見之日啊……嘿嘿……」

我看著這高大白影的舉動與所說的話語，心中又是激動又是驚恐，這場景既詭秘也神奇，我的恐懼感漸漸淡去了，彷彿竟添了幾分驚喜。我在心裡偷想：「難道……難道他就是……」突然耳際再度聽到那陰涼的聲音：「嘿嘿……嘿嘿……小姓謝……呵呵……嘿嘿……一見大吉……嘿嘿……呵呵……。」此時的我張大了嘴巴，心裡只想到他頭上戴著的東西，好像真的有寫字啊！

待我驚魂甫定，那高大身影離去後，我看看小倫，她還是瞪大了眼睛，喃喃說著我很好，我沒事，我沒事。家明將她扶回椅子上坐著，然後走到後面房間敲了敲門：

「沒事了！妳們可以出來了。」

眾人出來之後，似乎極有默契，對方才發生之事絕口不問也不提。大家紛紛收拾東西準備離去，這鳥獸散的場面看來顯得張惶失措。

家明將塔羅老師與黃小姐叫過來身旁，指著小倫輕聲說道：「她還不算穩定，雖然眼下看來沒事，但她只是用意志力硬撐。可能自殺的念頭還在，這兩天妳最好找人盯著她，不要讓她獨處！」

「自殺?!」我跟塔羅老師一起叫出聲來。

⑥

兩天之後我與家明碰面。一見面，他就給我看他手機裡的一則簡訊，是上次那位劉教授傳來的：

「家明這陣子謝謝你，我的身體好多了。想再請教你一個問題，昨天我跟一位老師去走廟，他說我是某某大帝的龍子轉世，特地帶我前去接旨。想請問你怎麼看？我真的是嗎？」

我看完長嘆一口氣，把手機還給家明。他聳聳肩收起手機，露出一個無可奈何的神情。這是一個風和日麗的正午，日頭出奇的大。我坐在家明車上，往北海岸駛去。

在路上家明跟我說，小倫到北海岸遊玩，惹上一群當地的地縛靈，被纏上了。雙方面的氣場實在太接近，原本被困在當地動彈不得的地縛靈，正好藉著小倫這個載體，可以脫離現場。雖然他們對小倫沒有惡意，但兩股氣場能量幾乎水乳交融，若不細心查看，根本看不出小倫有任何異狀。

我細細回想當天的情況，確實，小倫除了極偶爾會閃出幾次左斜的黑瞳之外，若不是家明喝問你到底是誰，只怕也沒人會挖掘出她所遇到的麻煩。我又想到那股只在她下身徘迴瀰漫的黑霧，似乎想把她往下拉，以及眾人說小倫是個專找麻煩的攪和咖，還有她那晚雙腿發抖無法站立的情況，確實是很吻合地縛靈字面上的意思。我搖搖頭又說，可是為什麼你擔心小倫會有自殺的危險呢？既然它們沒有惡意啊。

「真正的水乳交融，就是同他們合為一體啊！」家明說道。

我急忙追問家明，這算是附身嗎？他搖搖頭。

我又問，那這該算何種情形？家明嘆道，或許可說是同性相吸吧！雖然我們跟她只是初見面並不熟，眾人對她的評價不足為據，但我可以清楚感受到她心底的那股黑色力量，確實是相當黑暗，相當糾結與濃稠啊！你沒感受到嗎？

難道家明所指的，是那股我看到在小倫身後黑色的，冷冷的無聲火焰？那是什麼東西？

家明專心看著前方的道路，面無表情地說了句：無明！

當真是蒼蠅不抱無縫的蛋！我確實清楚看到也感受到小倫背後燃燒著的那股熊熊黑火。那股力量沒有溫度，沒有聲音，甚至沒有絲毫熱力。有的只是不斷張牙舞爪的火舌，似乎要將人整個吞沒。如果小倫的為人確實如她的朋友們所說如此不堪，那她心裡這股力量與外來的地縛靈相呼應，我想也只是剛好而已！縱使花費了大量時間金錢與力氣，去上那些個昂貴的什麼靈性成長的課程，也只像是穿上了一件件漂亮美麗卻華而不實的外衣吧；像這樣的國王新衣，就能夠遮掩內心的醜陋與缺陷嗎？

我輕嘆一息，望著車窗外高掛的太陽。這樣強大的光明與熱力，究竟能否照進人們的內心，驅走當中隱藏的黑暗無明？

我沉默不語。想到這可能是個注定無解的難題。

我轉頭看向家明，憶起短短這些日子來遇到的事件，哪一個不是由無明而起呢？

家明特意讓我進入這樣暗黑無光的世界裡，又是想告訴我些什麼呢？

如果說，家明就像是坐在一艘底部漏水的破船裡，拿著小水瓢，拚命往外舀水，以為這樣就能止住這破船的下沉之勢，這不是徒勞無功嗎？

精衛填海，這不是太傻了嗎！

⑦

車子在我們的目的地停下來。家明打開後車廂搬出了一張摺疊桌與一個大紙箱。我們兩個費力地將家明準備的這些東西往海邊搬。那裏，有一道敗壞破舊的土墩。家明將桌子架好在土墩上，再將箱子裡的道具用品一一拿出來放置好。

家明說，那日黏在小倫身上的那一群，謝爺已經收走了。此處才是它們聚集的老營，這一大群，今天要好好發送了，以免無辜的人又撞進來。

我看著家明揮汗用心擺放他帶來的東西準備就緒，心裡一片木然。若是以往的我，恐怕會有許多感動與激動，但今天，就僅是木然而已。

「來，差不多了。」家明對我說：「一會你幫我注意一下周遭，如果有不知情的人走近，你幫我擋擋。今天你把風就好，呵。」

我真的什麼都不用做嗎？我自問。但，我又能做什麼呢？

家明拍拍我的肩膀，「你今天，看就好。謝爺交代，要你好好認真看。」

謝爺……我想到那晚那個高大瘦長的身影。雖然豔陽高照，我卻感到陣陣寒意。他要我好好看清楚，又是要看什麼呢？

家明走到桌前，準備開始他的工作。我拿出一根菸點上，順口問他，你今天，需要菸嗎？

家明微笑搖搖頭，閉眼抬頭向天，然後拿起桌上的物品，揚手踩地。

我走到旁邊的一塊大石坐下，抽著菸瞇著眼，看著家明做他的事情。

坦白說我沒有特別用心或認真觀看，但不知怎地，那日的畫面竟異常清晰。

家明才忙了一會，我就看到四面八方，從地底，從海邊，冒出許多許多黑色的身影。雖然都是漆黑一團，但我竟可以清楚看出它們的面容與服裝。

我看到有現代打扮的身影，有手上拿著釣具的釣客，有撐著洋傘的遊客，有軀體殘破不全的跛足身形，有步履蹣跚彼此攙扶的身影。

我又看到，有搶灘登陸進攻的士兵，有堅守陣地防禦工事的鄉勇官軍。有血污滿臉的面孔，有一臉蒼白表情驚嚇的五官。

這些黑影一群接著一群，竟無法可數究竟有多少。我可以明白，他們來自四面八方，不同的時間，不同的空間，不同的環境背景，不同的身分身世，不同的喪命事件。它們群聚在這裡，不知道有多長時日，不知道有多少數量，唯一相同之處，是到最後他們都變成了地縛靈！

它們日日夜夜困在這裡，動彈不得無法脫身，它們像是一個強大無邊的黑洞，所有靠近它們的都會被它們的強大糾纏引力吸入，直到有一天，他們自己把自己也吞噬淹沒……我驚訝地看著眼前的景象，心裡並不害怕，只是感覺到沉重的哀傷，與深深的苦楚。它們為什麼會變成這模樣呢？為什麼落得如此下場？

這些遍地滿是的黑色身影，緩緩地往家明所在靠近。家明雙手背在後頭，面向大海。正午的太陽，將海面照射出金波點點，亮光粼粼。我看到這時家明抬頭向天，雙手合十似乎成祝禱狀，嘴裡念念有詞。

突然間遠方的海平面上出現一個極大的光點，那光點極亮，逼射著我的雙眼，我看不真切那裡面是什麼事物，只看到這光點散發著金光，快速地往海邊靠近。

家明轉身拿起桌上的東西，放入地上他準備好的鐵桶裡，點著了火。他繼續慢慢地將桌上的物品投入焚燒，在海風的風勢助長之下，火勢越來越大了。他指著車子對我說，請幫我把滅火器拿來。

我忙往車子奔去，拿出滅火器又走回鐵桶旁待命。這時海面的巨大光點更靠近了，貌似一顆碩大無朋的金球⋯我接著看到那一群一群的黑影，竟似被那金球吸入，隨著家明焚燒東西的態勢，也東一撮西一撮地飛入金球的亮光之中。

原本沾著塵土泥沙血跡的臉，原本醜惡呆滯殘破的臉，在金光的照射之下，竟然一一變得潔白光亮毫髮無傷！

我突然想起，那天晚上，家明所喝問的那句，「你到底是誰」到底是什麼意思？這句話，是不是一語雙關？

在層層無明之中，我們還知道自己是誰嗎？還記得我們的原來樣貌嗎？

⑧

鐵桶裡的火逐漸熄滅，只剩下一堆灰燼之中還殘留著些許火光。

我拿起滅火器，只隨手噴了幾下泡沫，殘火就全熄了。

家明依舊遠眺著海面，方才的巨大金球已經遠離，原本困在這裡不知多久不知多少的地縛靈們，也已隨金球而去。海風依舊強力吹送，燃燒過後的濃煙與焦臭味，沒一會便被吹散。我感到空氣清新，地氣清爽，眼前的自然美景依舊，卻增添了幾分清新舒爽的氣息，與一種豁然開朗的感受。

過了好一會，家明向遠方躬身合十，我聽見他輕輕說道：「慈航本是渡人舟。」隨即轉身向我走來，輕鬆笑道，如何，看得可清楚？

我點點頭，他一派輕鬆，又笑著說，幫我把東西收到車上，然後我們附近走一走，再看看有沒有什麼疏漏之處。

我與家明就這樣在這個海岸走了幾圈。我這才發現其實這裡風光明媚，傍山近水，交通也方便。難怪每到假日這裡總是遊人如織。

時不時，我們總是會看到一些海岸線車禍的新聞，或是釣客被浪捲入枉做波臣的事件，我在心裡期盼，希望這樣的事情再也不要重演了。也希望那些地縛靈們離開這個充滿悲傷回憶的所在之後，能夠有一個更美好更圓滿的去處。

我望著家明四處遊走查看的背影，想起剛才在車上想到的精衛填海，心中一陣悵然，不知道到底是我笨還是他傻。

他老兄似乎知道我在想什麼。他走過來，拍拍我的背，溫柔地說道：「今天，就把今天的葉子掃完就好。明天，還有明天的樹葉會落下來。」

我點點頭，同他一起上了車。車子駛過山路的時候，我由高處往下望來，這片海岸風景，遠遠看來竟異常地美麗、異常地親切。

但沒想到，過了一個多月之後，我由那位老是撞上恐怖怪事的黃小姐口中輾轉得知，小倫又在背後攻擊家明。她堅持她當晚根本沒事，一切都是家明裝神弄鬼搞的把戲。就算她真的遇上什麼外靈鬼怪，也是家明害的。她甚至對那幾日陪伴她的朋友的善心好意，嗤之以鼻。

我乍聽聞時，也不特別氣惱。只是想到她背後的那團冰冷黑火，心中感到無限悲哀。那裡的地縛靈已經送走了，那塊地也已經清乾淨了。

但是在我們心中暗藏的，綑綁住我們，束縛住我們的無明，又該如何清理呢？

驚雁孤鴻

天地之間我形隻影單，又該何去何從？
我像是一隻海上飛來的孤鴻，池潰不敢顧。如果真有直達天堂的天梯，
我又該拿什麼去買，拿什麼去換？

天剛濛濛亮的時候，我已經和衣坐起。很快地，二次化療的六個回合將在今天結束，中午過後我就可以出院回家；也就是說，彈指間三個多月就這樣過去了。

我收拾好簡單的行李來到樓下，不知為何，我在人群擁擠的大廳徘徊了許久才走出屋外。我揹著行李與心中的失落感，慢慢踱步到前方十字路口的紅綠燈旁等待。站在路口我裹足不前，不知道該往那個方向前進。

出得院來，今後我將何去何從？這個平行宇宙的暗黑之旅，何處會有出口？何時才有盡頭？在盡頭那端等著我的，會是光明，還是更黑的黑暗？

我不知道。

過了馬路，心裡根本不想回家，乾脆走走路吧。我揹著簡單的行囊，由這個城市的北端走到南端，這將近四個小時的路程，一路上車水馬龍，整個城市熱鬧嘈雜依然。

我看見滿街盡是忙碌奔走的行人與車輛，不知他們所忙何事，趕往何方？他們的身上是否背負著若干生活重擔？心裡又隱藏著什麼樣的生命故事？他們可曾有機會停下腳步來，忘掉辛苦奔波的目的，在念念相續的短暫生命中小憩片刻，欣賞外在世界的美麗風光，省視心中那個久未逢面的自己？

這世界依舊忙碌轉動，每個人都有地方要去，每個人都有事情要忙。只有我這天地一閒人，世界雖大卻彷彿沒有我容身落腳之處，天地寬廣但沒有我安身立命的地方。我似一行腳浪人，無處可歸，四處飄蕩。

走了一整個下午，渾身是汗雙腳腫脹痠痛。天色已漸漸變黑，夜幕低垂，該是倦鳥歸巢的時候了。我只好百般無奈悶悶地往家的方向走。

①

回到家裡，我很快沖完澡，全身無力躺在床上。心中雖然千頭萬緒，悵然若有所思，但其實腦子裡一片空白。我努力了一番，還是揮不開重重迷惘與層層茫然。

我拿出齊柏林飛船的〈天堂之梯〉，設定好單曲重覆播放，將自己投入主唱低迴沉吟高亢激昂的歌聲中。

「有位女士相信，所有閃亮發光的東西都是黃金，而她，想買一座通往天堂之梯……當到了那地方她明白，如果所有商店的門都已關上，只要一個字她就可以如願以償。嗚……嗚……她想買一座梯子通往天堂……」

這歌聲彷彿敲擊著我混沌的腦袋，扯拉著我隱隱作痛的心。在不斷重覆的音樂聲中，我回想起過去這三個多月的暗黑之旅，帶給我的衝撞與打擊。原來家明的世界，或著該說，「我們的世界」，竟是如此殘酷，如此敗壞悲涼。

當所有故事的情節都攤開來在我眼前上演，當種種事物的原本樣貌都一一揭開來向我展現，當這些事件劇情人物毫不理會我的感受想望與驚慌無助，不肯給我絲毫喘息整理的時間與空間，只是執拗地自顧自地繼續往下發展；我感到無能為力，我感到驚慌失措，準備不及。

這不是我想要生於斯死於斯的五濁惡世啊……。

或許過去種種，都只是我自己憑空添加的浪漫幻想與美好憧憬而已。所以當事物的真實相貌如此氣壯理直地向我逼來，強迫我去正視它；這偌大的衝擊竟讓我感到不勝唏噓糾結窒息。

半夢半醒茫茫渺渺中，我心裡浮出半闕詞：「惆悵舊歡如夢，覺來無處追尋。」明天醒來之後，究竟會是什麼在前方等著我？天地之間我形隻影單，又該何去何從？我像是一隻海上飛來的孤鴻，池潢不敢顧。如果真有直達天堂的天梯，我又該拿什麼去買，拿什麼去換？

「今我游冥冥，弋者何所慕」。胡思亂想一番，我終於疲倦地沉沉睡去，墜入黑甜鄉中。

②

窩在家裡無所事事幾天之後，我終於還是強打起精神，強迫自己振作起來。我換上運動服裝與跑鞋，特地把手機斷訊，只留下音樂播放的功能，坐上車，往城市邊緣的河濱公園出發。

從開始的暖身快走，到逐漸加速，到穩定維持步伐，我小心翼翼地為自己配速，一面調節呼吸與出入息，努力地保持穩健的節奏，繼續跑著。

過不了多久，我已經揮汗如雨，身上的衣服已溼了大半。我氣喘吁吁，心裡想著，啊，我是不是該要戒菸了……呼呼……為什麼要抽什麼菸呢？好喘啊……好喘啊……我真的該要戒菸了啊。

沿著河，我持續慢慢跑著，太陽不大，但也沒有風。我大汗淋漓，不知道心裡的那些惆悵迷惘，可不可以隨著我一頭一臉的汗，一起釋放出去呢？

我越跑越喘，呼吸越來越短促，呼呼……我為什麼要來跑什麼步呢？呼呼……為什麼不在家吹冷氣呢？呼呼……好累啊……好瘦啊……我聽見心裡呼喊的聲音。我知道，我進入了撞牆期。好累啊，呼呼……還是不要跑了吧……喘不過氣了啊……心裡的呼喊聲一直傳來，我不管它，把心神專注在「警察合唱團」的音樂上，努力抬起我的雙腿，一步接著一步，用力邁開我的腳步，向前方跑去。

約莫跑了一個多鐘頭，我在草地上坐下來喝水。終於有點風吹過來了，我不想讓身體冷下來，站起身，我繼續向前跑。等到離開河濱公園時，我已經在這裡跑了兩個多小時了。我感到全身舒暢，一股熱氣與熱力在體內流動著。

換好衣服上了車，胃口也開了，我想到這河濱公園旁邊的一條老街，便往那個方向開去，想去吃一些古早味的傳統小吃。

吃完東西左右無事，我在這老街隨意閒逛，走著走著，看見那座遠近馳名的大廟。平日的下午，原本香火鼎盛的古廟香客不是很多，我隨意走進去，點了香，走到正殿前的主爐焚香祝禱完畢，正想轉身離開，這時剛好看到旁邊一位老婦人正跪在地上擲筊。這本是稀鬆平常之事，我想著要不要也抽支籤，問問前程吉凶，但那老婦人擲筊的模樣卻很不一樣。這引起了我的注意力，便悄悄踱步到她身旁小心偷望。

我看那老婦長跪不起，只是一次又一次地擲著筊，一正一反的聖杯卻始終擲不出來。老婦發急了，趴下重重地以頭擊地，恭恭敬敬地磕了三個頭，重新擲起。那聖杯還是沒有出現，老婦人更急了，我聽她喊出聲來：怎麼一直沒有，怎麼一直沒有啊……她又試了幾次，小小彎彎的兩個紅筊，竟似不理會她的哀哀深求，還是兩面朝地落下。老婦人終於急哭了，她跪在地上半身伏地，邊哭邊喊著：怎麼辦哪……怎麼辦哪……難道真的不准嗎……難道真的沒救了嗎……嗚嗚……嗚嗚……怎麼都沒有聖杯啊……怎麼辦啊……

那老婦人就這樣終於無力放棄似地趴在地上哭了起來。我偷偷看了旁邊幾眼，好像沒有看到什麼陪同前來的家屬？難道這傷心欲絕的老婦人竟是孤身一人獨自前來？我心裡猶豫，不知道要不要扶她起來，又聽到她哭著叫道：「求求天公作主啊……求求天公大發慈悲啊……我就這麼一個兒子啊……難道連這一個兒子也不留給我嗎……我怎麼辦啊……怎麼辦啊……」老婦人已經聲淚俱下，這場面令人動容，這呼喊聲令人斷腸，我也顧不了那麼許多，便上前一步將她攙扶起。

我將老婦人扶到長廊下的階梯旁坐下，跑去旁邊的飲水機倒了杯水給她。她接過只是放在一旁不喝，眼淚繼續流下來，嘴裡依然呢喃著：「怎麼辦啊……沒救了啊……怎麼辦啊……。」

我不知如何接話，只好輕輕拍著她的肩膀。待她終於恢復過來，我打量她，這個老婦人大約六十多歲，一身粗衣布褲，看來境況不是很好，但也只不過是一個平凡的歐巴桑。到底為了什麼事，讓她來到這大廟裡專注擲筊，又哭得如此傷心彷彿肝膽欲裂？她歷經歲月滄桑的臉，雖然掩蓋不住焦急與心傷，但隱約可見剛毅堅強的模樣。

她看似終於平靜下來了，轉過頭對我輕輕說：「少年仔，謝謝你了。真歹勢，不好意思啊。」雖然只是這短短一句話，我馬上聽出這老婦人語音裡的堅強柔韌，與自矜自持。我接口說道：「沒事啦沒事啦，您還好嗎？要不要再喝點水？」她搖搖頭說聲不用，起身就要走開。

我趕忙也站起來問她：「您是自己一個人過來的嗎？有人陪您來嗎？」

老婦人嘆道：「只剩我一個人了！還有誰能陪我來！」

我突然感到一陣鼻酸，也感到一陣熱血激昂，不加思索脫口說道：「那您要去哪？我開車送您可好？」

老婦人當然滿口辭謝，但我堅持不允，老婦人只好說聲謝謝，那就麻煩你了。

待我與她走到車旁，一同坐進車裡之後我問她：「您要去哪裡呢？」

沒想到，老婦人淡淡說了個醫院的名字，我全身一震，像是一個悶雷打到我的頭上……那，那正是我前幾天才出來的同一家醫院啊！

③

在車上我試著跟老婦人攀談，想知道是怎麼回事。老婦人看似心中強忍了許久的鬱塊，終於出現一個小小出口，慢慢跟我說起了事情的原委……

原來老婦人守寡多年，只有一個獨生子今年不過三十三歲，四個月前因為身體小小的不舒服去看了醫生，沒想到經過一連串的密集檢查之後，醫生竟然宣告是癌症，而且還已經蔓延擴散！於是這年輕人轉診到大醫院之後，又做了更多精密的採樣切片與電腦斷層核磁共振等檢查，等病情詳細的結果出來，已經是末期了。老婦人焦急地問醫生：那要趕快開刀拿出來嗎？醫生難過地搖搖頭說：「令郎身體裡面已經到處都是了……就算開刀……也不知道要從哪裡開始拿……而且開了刀血液一擴散，很可能病況只會更加惡化……唉……現在已經無法動刀了……」

老婦人馬上哭出來，慌張問道：「那該怎麼辦？怎麼辦哪！」

醫生沉重地說道：「他現在裡面幾乎到處都有，我們會診了好幾位醫生，也聯絡了我在別家醫院的學長，唉……我們頭痛的是很難判斷他的原生部位……就算想給化療藥，也不知道該給哪一種的呀……」

老婦人不懂這些醫學知識，更不理會醫生的這些顧慮，只是焦急叫道：「那怎麼辦哪……醫生，求求你，求求你不要放棄他啊，請你想想辦法，想想辦法啊……我只有這一個兒子啊……他還很年輕……他不是壞人啊……」

醫生嘆了口氣，安慰說道：「我們會盡力的。有一個部位，我們研判是原生的可能性很高，如果您同意，我們就先用這個部位的化療藥好了。」

老婦人老淚縱橫，無助地請醫生多多幫忙。但沒想到化療完全不見效，隔了兩個多月，醫生看著檢驗報告喃喃自語：怎麼打化療竟像是施肥一樣！癌細胞竟是越長越多，越長越快！病人這時候的腹水已經積得像顆大圓球似的，他面容枯槁，骨瘦如柴，身體一日日虛弱，病況也是江河日下。終於在三個禮拜前，醫生認為治療不見成效，已經到了無可挽回的地步，決定將他轉入安寧病房。

已經進了安寧病房啊，我邊開車邊想著。

年輕人戴上氧氣管，手上的點滴注射的只剩下葡萄糖與止痛藥，氣若游絲腹脹如球地被推入安寧病房。沒幾天，就陷入昏迷了。

老婦人心急如焚，四處求神問卜，也在近親好友的介紹打聽之下，去了不少地方請教。無奈大部分人都舉手投降，說是已經幫不上忙。老婦人猶不死心地繼續打探，希望可以找到更高明的貴人，救她獨生愛子一命。

終於有一天，老婦人來到一位先生面前，先生幾番沉思推敲，面帶肅容，對著憂心忡忡卻又還抱著一絲絲希望的老婦人說道：「您兒子的情況確實很棘手，我不敢答應您。不過，這樣吧，您到大廟的天公面前去求求看，若是可以連續擲得三個聖杯，如果天公願意作主高抬貴手，放您小孩一馬，那時再回來找我吧……不然……唉……我也沒有辦法。」

於是今天下午，老婦人備齊了供品金紙蓮花來到大廟裡，跪在天公面前虔心祈禱祝願，希望天公大發慈悲，能夠給她們母子倆一條生路。而在一連串的失望，不論她多麼努力多麼虔誠，還是擲不出聖杯之後，老婦人終於悲痛絕望，崩潰哭倒，跪地磕頭繼續祈求，依然連一個聖杯都不可得，更遑論連續三個聖杯了！

我聽完老婦人這個簡單明瞭但卻也令人悲傷心碎的故事，心裡不由得起了一股同病相憐，同是天涯淪落人的感慨……想到老婦人的急切心焦與痛失愛子的悲痛，想到年輕人群醫束手無策的病況……再想到自己雖生了病……但卻是如此僥倖……如此幸運……一時也說不出話來安慰她。想著想著，不禁癡了……。

車行沉默中，我們已經抵達醫院。老婦人下車前又對我連番道謝，我依然苦笑著，喟然無語。

老婦人下了車往醫院大樓走去，我在灰暗暮色中，望著她的孤單身影，突然不知哪裡冒出來一股衝動，探頭出去車外叫道：您等我一下，我陪您上去！

④

走在安寧病房的走廊，這裡非常安靜，非常安詳。雖然我自己前幾天才剛從這裡離開，但這安寧病房我還是頭一次來。雖然都是在同一家醫院裡，我卻覺得這裡的氣氛非常陌生，非常奇異。不知道是確實如此，還是我自己的心理作用作祟，我覺得這裡彷彿是另一個空間似的。雖近在塵囂中，卻又與世隔絕。這裡似乎自成一個天地，獨立平行於我們所熟知的世界之外。

我隨著老婦人進入病房，一眼就看到她的兒子躺在病床上。沒想到昏迷不醒的他，眼睛竟是沒有閉上！他乾枯混濁的雙眼，半闔半張，無神失焦地朝著上方。全身包得緊緊的，只有兩隻乾柴似的手臂放在床單外頭。手臂上不但佈滿密密麻麻的針孔，而且乾癟癟似披在手骨上的皮膚，竟然是紅一塊紫一塊，到處都是難看的粉紅色或青紫色的瘀血！我再看他的頭臉，雙頰與眼眶都已經深深陷落，真的跟骷髏相去不遠了……

老婦人招呼我坐下，然後過去在床邊溫柔摸著她愛子的頭髮，輕輕說道：阿母來看你了……對不起……下午出去了這麼久……阿母回來陪你了喔……乖……阿母來陪你了……我聞言一陣鼻酸，馬上就要落下淚來，卻看到病床上的年輕人突然全身顫抖，我吃了一驚，不知道是發生什麼狀況；只見老婦人又輕輕撫摸著她兒子的臉龐，溫柔地說道：「又作惡夢了？沒事的，阿母在這。」

年輕人竟然只抖了幾下，就又平靜下來。看著眼前的景象，我渾然不解：這顫抖是正常的嗎？他真的是作惡夢了嗎？可是他好像又聽得見母親所說的話？他到底是清醒還是昏迷？

老婦人倒了杯水給我喝，又拿起棉花棒沾了點水，小心仔細地塗抹在病人微張的雙唇上。

我站起身望著床邊，這時老婦人又問我，要吃點水果嗎？原來他兒子的朋友來探病，帶來了許多水果，老人家一個人吃不完，好心地要我都帶回家去。

我擺擺手說聲謝謝，還是伯母您留著吃吧。沒想到老婦人又哭了起來：「唉……他又不能吃……只有我一個人怎麼吃得完……不要放到壞掉都浪費了……唉……以後就只剩我一個人了……只剩我一個人了呀……還吃什麼水果呢……我看我不如還是喝農藥吧……嗚嗚……」

老人家又自憐自艾哭泣起來，伴著一旁昏迷枯瘦的愛子，那哭聲不是不淒涼的……這場面不是不讓人心碎的……我感到沉重無力……我感到哀戚滿懷……。

我試著安慰那老婦人一會，但我的聲音卻是如此軟弱，如此空洞。老人家擦乾眼淚說道：「好了，少年仔，你也快回家吧。謝謝你載我來醫院。來，這籃水果帶回去吃。」

出來往醫院停車場走去取車的路上，天色已經全暗了。我提著如有千斤之重的水果籃，腦海裡滿是剛才老婦人安慰兒子「不要怕，阿母在這裡」的畫面。我將心一橫，顧不了那麼許多，掏出手機打開訊號，馬上給家明打了電話。

⑤

家明乍聽完這件事的始末，竟然不肯答應去醫院看望這對母子。他說：「這樣不好吧，我們跟人家非親非故的，而且那麼多醫生跟高人都說沒辦法了呀……」

我聞言馬上不服說道：「可是你還沒試過！我對你有信心，你一定有辦法的，你不去試試看怎麼知道！」

家明嘆了一口氣：「不是這麼說啊……我也知道那位母親確實很令人同情，但要是我去了也不成呢？我們何必無端打擾人家？要是我們就這樣沒頭沒腦地去給人家希望，到時候要是我也幫不上忙，我們豈不是害老媽媽又失望一次，又心碎一次！」

我還是不解：「家明，難道你的意思是你打算袖手旁觀？你之前處理那些事情的心腸到哪裡去了？我沒想到你竟是這種人！」

家明接口說：「你不要誤會我的意思，我是說，他都已經進了安寧病房，如果人家真的已經過了那個時間點呢？那我們就真的不能怎麼樣了啊。我是怕你又給那老媽媽重燃希望，萬一到時候害人家失望怎麼辦？」

我管不了那麼多，我直問家明：「你現在在哪？我要當面跟你把話說清楚，我現在去老地方咖啡館等你，你馬上給我過來！」

坐在咖啡館裡我連喝了兩杯咖啡，心裡兀自忿忿不平。如果家明今天不給我一個交代，這個朋友我也不打算要了！

我在門口抽了兩根菸，正覺得不耐煩，打算再打電話給他的時候，家明終於到了。他看來也是憂心忡忡，心神不寧的樣子。

我們進去屋裡又點了兩杯拿鐵，然後我不客氣地問他：「你說，你的意思到底是怎樣？」

家明還是搓著手，搓到我簡直想拿刀把他手剁掉。

他終於慢慢開口：「我不是不願意，是我不想隨便害人家失望啊……萬一他時間真的是到了呢？」

我馬上問：「那他時間到了嗎？」

「欸……這個……這個……是到了啊……」

但我毫不卻步：「時間到了，那不是可以協商嗎？不是可以商量嗎！」

「可是……可是這個……唉……唉……這怎麼跟你說呢……」

雖是第一次看到家明如此長吁短嘆，但我這時心頭火熱，也管不了他心裡到底有什麼隱情，便又問道：「我不管那麼多，你現在也別跟我說什麼廢話，我只問你，明天跟不跟我去醫院看他？去不去，他媽的一句話！」

家明被我逼得無可如何，終於態度軟化。臨走前，他又多叮嚀我一句：「可是你先別跟人家老媽媽說什麼喔！就當是普通朋友去探病，這樣可以嗎？如果不行，那我就真的不去了。」

我擺擺手，說我知道了。心想，你要是敢說不去，我就跟你翻臉！

⑥

隔天中午，我與家明來到安寧病房，老媽媽與護理師都在房裡。她看見我便說：「少年仔，你又來啦……來，這邊坐啦。」我走過去她旁邊坐下，護理師剛把病人的點滴瓶換好，檢查完血氧含量與血壓。

這時家明走到護理師身旁開口問道：「這是什麼？」家明指著病人手上與胸前的皮膚，那都是又紅又黑，烏青發紫的瘀血或斑點，有淺有深，盤踞在病人胸口與手臂上，看來甚是怵目驚心。

護理師說：「這是皮下出血。病人的多處臟器已經嚴重衰竭，無法發揮功能了。」

「喔……」家明答了一聲，又靜悄悄地盯著病人直看。

護理師又看了一下便離開，留下我們三人在這安寧病房裡。

老媽媽對我說：「少年仔，今天沒上班啊，這麼好還帶朋友來啊。」

我訕笑，心裡不知道要不要跟她說我也生病的事，也不知道要不要跟她介紹家明的本事……

這時病人又突然顫抖了一下，眼睛半睜開著瞪著天花板，兩隻瘦得只剩骨頭的雙手，費力地，慢慢地，舉在半空中。我嚇了一跳不明所以，老媽媽在她兒子身上輕輕拍著說道：「又作惡夢了？乖，不怕不怕，阿母在這裡陪你。」

她安慰了一會，病人平靜下來，但枯柴似的雙手，依舊舉在半空中。我訥悶：病人看來如此虛弱，怎麼還有力氣高舉雙手呢？

老媽媽坐在床邊，繼續拍著她兒子的肩頭，邊對我們說道：「不好意思，他這陣子晚上老是作惡夢，一直說有人打他，所以晚上都不敢睡覺，都睡白天的，剛剛可能又作夢了……」

這場面令人訝異，老媽媽的話更讓我暗暗吃驚，病人已經昏迷囈語到這般田地，我硬拖家明來，又有什麼用呢？

這時家明突然拉著我走出病房，我一陣莫名其妙跟著他出來，我們找到一個沒人的靜僻角落，家明神色凝重擔憂地說：「看來比我想像的還糟……病人不但時間已到……唉……還提前下去了一半啊……」

我張大了嘴，愣在當下。家明說的每一個字我都聽得清楚，聽得明白；但是……但是我竟愣在當下……我無法理解他說的話是什麼意思……什麼叫下去一半！

家明伸出左手握著我的右手，然後慢慢說道：「你還記得他雙手舉起，都是瘀血的模樣？」我點頭稱是。

「好，你現在握著我的手，閉眼在心裡回想剛才的畫面，然後再看一次。」

我萬分狐疑，不知道是怎麼回事，只好慢慢閉上眼睛照著家明的話做……我開始回想剛才的病房，緊張顫抖的手微微出力握緊了家明伸出的左手……

⑦

我眼前突然出現一個畫面，依然是方才那張病床，但是……但是那病床上竟然重疊另一幅影像！那不是病房裡，那是一個黑暗的狹小空間，我看到病人的雙手高舉，但……但他的雙手竟然綁著一副鐵鍊，被懸空吊起！

我感到雙腿發軟，全身發抖，心跳急促……接著我又看到好幾根粗大的黑棍，打在病人的手上，背上，胸前……病人張口痛苦地叫著……那是個無聲的畫面，我聽不見他的喊叫聲，也聽不到木棍打在他身上的聲音……我只看到粗大的木棍不斷落下……我頭暈想吐，驚恐萬分，全身幾乎軟癱；我大叫一聲，猛地把手抽回來，所有的影像全部立刻消失，只看到一臉不忍的家明站在眼前。

我看看四周，旁邊是窗戶，我可以看見外面的藍天白雲，我可以看見外面的樹木與建築。我還在這安靜樓層的一角，但是我剛剛看到的畫面究竟是什麼？

大白天的下午，我渾身發抖冷汗直流，腦海裡方才的那一幕，竟是如此真實，如此逼真。那殘酷的畫面，我不敢再想……

家明也沒說話，他長長嘆了口氣，看著窗外的藍天，喃喃地說道：「三魂被帶走了兩魂……這種事我以前是有聽說過……唉……沒想到……竟然是真的……我今天……也是第一次看到啊……」

我喘著氣，努力試著去理解家明所說的話……我腦子裡糾成一團，竟不知該從何理清是好……我想到病人的雙手高舉，我想到他身上的皮下出血，又想到剛剛看到的鐵鍊與木棍……我想問家明……是不是……那是不是……是不是……

我掙扎好半天，一個完整的問句始終問不出口，我只能驚慌地重複：「那是不是……是不是啊……」

我與家明就這樣在那個角落站了好一會，沒有人開口說話，只有我粗重的鼻息，與大口喘氣的聲音。

家明靜靜地看著天空，沒有任何表情。好半晌，他終於開口：「好了，我們走吧。」

我仍是呆在那裡，沒有反應。家明又說了一次：「我們走吧。」

「走吧？」我整個人跳起來。我拉著家明的衣領，我不知哪來的一陣強大激動與憤怒，拉著家明的衣領說道：「走？你就這樣要走？你也看到剛剛的情景了，你不想辦法幫幫他嗎，你不想辦法救救他嗎？你快點想辦法救他啊家明！」

家明的頭無力低垂，任由我扯著他的衣領，小聲說著：「都已經這樣了……還能有什麼辦法……」

我拉扯得更用力了，我急急叫道：「不行，你不可以袖手旁觀，你不可以就這樣不管！你想想辦法，想想辦法啊，我不管，你一定要救他，一定要救他！」

家明依然無語，神情悲痛，閉著眼搖了搖頭。

我鬆手放開了家明的衣領，其實我心裡明白，家明說的對，都已經這樣了，還能怎麼樣……我感到痛苦與悲憤，不知道是為病人傷心，還是為老媽媽難過，抑或是在怪罪老天，老天爺，到底為什麼，為什麼祢竟如此殘酷，如此忍心！為什麼祢不能大發慈悲，眷顧這可憐的孤兒寡母！

我靠著牆壁大口喘著氣，家明讓我休息沉澱了一會，過來拍拍我說道：「好了，我們真的該走了。」

我茫然失措，心裡不知所云，只好雙腿發軟腳步沉重地與家明又走回病房道別。當我們一起進入的時候，我看到那老媽媽整個人趴在病床上，張開雙臂環抱著她的獨生愛子，我發誓，我親耳聽見她哭著說道：「不要怕，阿母在這裡保護你，不要怕，有阿母在，誰都不敢來打你……不要怕，阿母在這裡……」

我聞言鼻頭一酸，當場淚崩……天下還有比這更令人心碎的事嗎！我肝腸寸斷，真想放聲大哭出來……我轉頭看向家明，他也已經淚流滿面，咬著的嘴唇不斷發抖，雙手捏緊了拳頭，兩行熱淚沾溼了他的衣襟……

那老媽媽旁若無人，似乎不知道我們在場，只是繼續地安慰著病人。我不敢驚動這場面，只能讓淚無聲地流……剎那間，我惡向膽邊生，升起了一股什麼都豁出去的衝動，我把家明拉進病房的廁所裡，我低聲對他說道：「家明，我不知道他為什麼生病，我也不管他做了什麼傷天害理的壞事要受到這種報應；但是現在我求求你，自從認識你以來，我一直無怨無悔地跟著你，看你為別人做了許多事，我從來沒有為我自己的事情求過你半次，現在我求你，求你出手救救這對可憐的母子好不好？如果你連這都不肯，那你這朋友我可以不要！我們就此絕交算了！」

家明用手擦著眼淚，哽咽著低聲說道：「你不用再說了……我已經決定動手了……我馬上就動手……」

於是我們兩個人深呼吸一口氣，離開廁所。我半哄半騙地總算把老媽媽暫時哄離開病房，只留下家明一個人站在病床前。我看他捲起衣袖，從口袋裡掏出了樣東西，緩緩閉上雙眼……我悲欣交集地站在門口看著這一幕，輕輕將門掩上。

⑧

離開醫院，我與家明都是異常的平靜，異常的沉默。我想起方才對他的粗魯舉動，想跟他說聲對不起，卻訕訕地說不出口。

家明看來心事滿懷，憂心忡忡，對我剛才的行徑似乎毫不在意。他的神色確實愁眉深鎖，當時我以為他是在擔心這對母子的事，也沒特別留心他的異狀。

坐進車裡，家明說：「我們也去拜拜吧！」

那是一個漫長安靜，沉重難耐的下午。我與家明來到大廟參拜，原是想找回內心的平靜與安全感，但廟裡的莊嚴肅穆氣氛，竟沖不散我那個下午在醫院所受到的衝擊。從大廟裡出來，已是晚餐時分。我們沒有人想吃東西，胸前一塊大石壓著，什麼話都說不出來。

送家明離開之後，我回到家，胡亂吃了點東西，就上床躺平了。迷迷糊糊亂睡了一會，我醒過來，看看時間才十一點半，我爬起來泡了杯咖啡，坐在客廳抽了兩根菸，才又回到房間睡覺。

不知道睡了多久，我被一陣「碰碰」的聲音吵醒。

朦朦朧朧中，我聽到耳邊傳來一陣碰碰的聲音，好像有什麼東西在敲著我的床頭板。我張開眼睛，驚見我的床前站了約莫十幾個人影，將我團團圍住！

站在最靠近我床頭的人影，手上拿了根黑黝黝的東西，正敲著我的床頭板：「碰碰碰，醒來了，喂，醒來了！」

我驚恐莫名，害怕得說不出話來，全身僵硬，四肢無法動彈。

我躺在床上喘著氣，就著室內微弱的光線，偷偷打量這十幾個將我團團圍住的身影……他們彷彿穿著古裝……似乎是衙役的裝扮……手上拿著的是兩頭紅中間黑的水火棍……身形不高，但我看不清他們的頭臉……

這……這些人是誰？為什麼來找我？這不是古裝劇裡才看得到的人物麼？

我無法動彈，腦子裡想著這些亂七八糟的事情，這時站我床尾的人影說話了，他拿起水火棍在我床上碰碰碰敲了三下，才開口說道：「喂！今天下午，那人的病床前，是不是你們動的手腳？」我渾身發抖，不敢接話。

只聽得那聲音又道：「你們好大的膽子，陰曹的事也敢插手，這事不歸你們管！居然敢佈陣不讓我們靠近……哼！膽子不小啊！你們明天就去給我撤掉！動手的那位，我們方才已經去打過招呼了，現在是特地來警告你，別再多事！萬事皆有道理，輪不到你來擅作主張！念在你是初犯，姑且警告一聲便算。我們職責在身，休怪手下不容情。你若是再犯，小心我們連你一起打！聽明白了嗎？」

我聽著這一句句平板無情，嚴肅兇惡的話語，不禁口齒打顫。這時所有的棍子又碰碰碰地敲著我的床，眾人一口地呼喝道：「小心連你一起打！聽明白了嗎？聽明白了嗎？」

我虛弱地點了點頭，那些身影又敲了一聲，才轉身慢慢離開……

等到他們全部走光，我馬上跳起來把房間的燈全都打開，坐在床上大口喘著氣。也不知道喘了多久，我拿起手機來看，正是深夜三點時分。

我在床上喘了一會，感到口乾舌燥，心裡帶著萬分恐懼，躡手躡腳走到客廳把所有的燈光打開，然後倒了一大杯冰水灌下。我感到頭昏腦脹，剛才的事是真的發生在現實裡，還是在夢境中？腦子還不是很清醒，我又喝了一大杯冰水。

客廳安靜的出奇，我不禁感到一陣心慌，連忙打開電視調大了音量。這時候，屋子裡最好是有聲音，有燈光。我蜷縮起身子倒臥在沙發上，想著剛剛身影所說的那段話：「這次只是警告……若是再犯……小心連你一起打……陰曹的事也敢插手……」

我甩甩頭，仍是驚魂未定，呼吸急促，不知該如何是好……

我癱倒在沙發上，不知道過去多少時間，心裡的滋味難以形容：無力，厭倦，苦悶，悲傷，憤怒，疑惑，傷痛，疲憊，各式各樣的情緒輪番出現混雜不清。我靜靜地躺著，想讓這些情緒，念頭，全都過去。我躺了良久，始終無法沉澱平靜下來。

⑨

電視裡新聞台的聲音越聽越心煩，越聽越焦躁不安，我索性站起來把電視關了。起身的那個剎那，我突然感到全身一陣冰涼，那股寒意從心裡從骨子裡冒出來，我全身寒毛豎立……站在客廳……我用手抱著自己……不由自主地一直發抖。

呆呆地站了良久，我隨手抓了張ＣＤ放進音響，跑去浴室打開熱水。我等不及熱水放滿，馬上脫光衣服跳進浴缸，熱水嘩嘩地流洩著，在我身上沖刷，等到一缸的熱水溢滿出來，我身上的寒意終於退去了。

突然間，我想起剛剛那人影所說的：「動手的那位，我們已經去打過招呼了……」

不知道家明現在還好嗎？家明……

一陣強烈的疲倦與無力感從心底深處襲來……我小聲說著：「家明，這些悲傷殘酷的事我不想再看下去了……你離開我的生命吧……我好累，我真的好累了……」

我就這樣整個人浸泡在熱水裡，全身慢慢放鬆，腦中一團渾沌，像是回到一個熟悉的古老的溫暖懷抱裡……這時傳來那首著名的〈波希米亞狂想曲〉，我跟著已故主唱的嗓音，輕輕背誦起這首歌的歌詞……邊聽著歌，我眼淚也止不住地狂流……不禁哽咽了……視線模糊了……聲音乾啞了……

我就這樣赤裸裸地泡在浴缸裡，把頭埋入水面下，用力放聲大哭起來……

後記——狗子不語

唐代百丈懷海禪師所制定之禪宗僧團叢林制度，世稱《百丈清規》，天下叢林莫不奉行，實為佛教史上劃時代之功業與創舉。爾後宋儒仿而效之創立書院，以為鄉學及養士之所，其影響層面更為深遠，想必是禪師當初始料所未及。

百丈懷海禪師除了《百丈清規》之外，另留下一段故事生動發人嘆省，文字淺白優美但餘韻深長的禪宗公案，那便是著名的〈百丈野狐〉。原文是這麼說的：

【百丈和尚。凡參次有一老人。常隨眾聽法。眾人退老人亦退。忽一日不退。師遂問。面前立者復是何人。老人云。諾某甲非人也。於過去迦葉佛時。曾住此山。因學人問。大修行底人還落因果。也無。某甲對云。不落因果。五百生墮野狐身。今請和尚。代一轉語貴。脫野狐遂問。大修行底人還落因果。也無。師云。不昧因果。老人於言下大悟。作禮云。某甲已脫野狐身。住在山後。敢告和尚。乞依亡僧事例。師令無維那白槌告眾。

食後送亡僧。大眾言議。一眾皆安涅槃堂。又無人病。何故如是。食後只見師領眾。至山後巖下。以杖挑出一死野狐。乃依火葬。】

一直以來人們對「因果」之說總認為有二不可解：無法解釋清楚，無法解脫驅避。因而對這無法抗拒只能接受的命題，由心底升起若干不滿與不甘的情緒。

去年誤打誤撞因緣湊巧，出了生平第一本書以來，數次接受記者採訪，自然免不了亦談起這個話頭。

那是一個週末的下午，我與記者小姐約在某家喫茶店裡。她面容姣好打扮入時，手上蔻丹還是當時最流行的顏色，外型上實在看不出是位見多識廣百回征戰的沙場老手。但記者畢竟是記者，面對她，我依然照慣例將內野守備趨前防守，嚴防她將球擊到外野。

而她大約是嗅出了我的緊張，也改變了訪談的策略。於是我們東拉西扯只是隨意閒聊，一直沒有進入太嚴肅的問題或討論。聊著聊著她突然說：「其實讀完你逐光這本書，我有一種很宿命的感覺耶。」

啊？這反應倒是出乎我意料之外，於是我問，為什麼？妳是第一個這麼說的人喔。她淡淡地說，就很無奈啊。不管是好事壞事，總是留下許多遺憾，就讓人感覺很宿命，好像一切都注定好了只能接受似的。

我從來沒有想要傳達任何宿命的感覺或概念，捫心自問，書裡面我也盡量朝這方向去努力。但沒想到居然她有此一說，我談興一起，決定與打者對決。

「其實宿命應該說是一種態度，而不是一種事實耶。」我把交叉在胸前的雙手放在桌上如此說道。

「生命中確實有命定，注定會發生的這種事情，這點我承認，我們姑且稱之為命運吧。不過，要如何面對已經發生或注定會發生的事情，卻是我們自己可以決定的喲。所謂宿命，就是對命運這種事，抱持無奈被動，或是不情不願的態度接受而已啊。」

「可是這不就是因果嗎？」她秀眉微蹙似乎語帶埋怨。

「因果跟宿命是兩回事喔！宿命是一種負面消極的態度，因果卻是中性的。妳可以相信因果，卻沒必要很宿命地消極以對啊！」我指了指身上穿著的40號 T 恤繼續說：「譬如說他好了，他哪一年會受傷開刀可能是命中注定好的，可是他怎麼看待受傷這件事卻是他自己可以決定的喔。他有可能很宿命地接受自己的命運，從此消失在球場上不是嗎？可是他沒有。他忍受了兩年孤獨艱辛的復健歷程，然後重新在經典賽中站起來，投了好幾場精采的比賽，不是嗎？發生的事可能是注定好的，可是怎麼面對已發生的事卻只有自己可以決定喔。

「所以我說宿命只是一種無奈接受命運的態度，如果抱持著這樣的消極心態，那麼我想，悲慘的結局也只有自己應該負責，不能歸咎於因果或命運，是不是？」

記者小姐喝了口茶似乎若有所思，將放在桌上的筆記本闔起來。

「那怎麼說因果是中性的？」

「因果啊……」我吞了口口水，很有點在找死的感覺。「因果這種事就像是地心引力喔。東西放開一定會掉在地上的，凡事有成因必然就會有結果。因果其實是邏輯推演這個類別的喔，如果妳一下就用神秘學或宗教學的預設觀點來理解的話，很容易起負面情緒或馬上掉進死胡同喔。

「你知道為什麼我們一聽到因果二字通常反應都不那麼正面嗎？」我拿起桌上的

手工餅乾咬了一口，順勢用眼角餘光偷瞄她一眼，看看她臉上有沒有因為我的說教而引起的不耐煩。

好像沒有。我吃完這塊餅以茶潤潤喉放膽繼續說道：

「因為我們都只看到果這個字啊！特別是遇到不如意事的時候，總會專注在這個苦果上面。那就準備進牛角尖了。

「如果我們先用說文解字的方式來看因果這兩個字，就是原因跟結果嘛。那就很清楚了，事情都有原因與結果，只是很多時候，這兩者之間的時間距離太長，或是箇中的關聯性錯綜複雜以致我們無法清楚看出或深究，只好用虛無飄渺的概念去理解何謂因果了。

「還有一種更不好的，是強作解人，一定要找出個人事物來為這個結果負責，甚至為自己開脫。用這樣的方式來理解因果，我以為，比宿命觀還糟。

「所以我說因果是中性的，它是邏輯上 cause and effect 因為所以的性質，並沒有什麼針對性，更沒有什麼懲罰報復的威脅性。

「譬如說，某甲今天被公司資遣了，這是結果。那麼原因呢？「是大環境經濟不景氣，還是公司經營管理不善導致虧損？或是某甲專業能力不足，甚至工作不認真？抑或是當初他選錯行業進錯公司念錯科系？還是命盤上就注定了他今年要失業？還是乾脆說他上輩子是個壞老闆？這種事叫全世界的超級電腦一起來算也算不出個所以然來的吧。

「更何況，知道了原因又如何？又能如何？不如把力氣精神花在好好再找一份工作，振作起來重新再出發！」

「可是，業力果報這不也是因果嗎？我們不是都被上輩子的因果業力所束縛著嗎？難道你的意思是這些都不存在？而且最讓人覺得不公平的是，為什麼要為上輩子做的事負責啊，發生什麼事我們根本也不知道，這樣很無辜耶。」

「唉……」我嘆口氣。「業力就是宗教上的因果喔，兩者是有不同的。而且，宗教性的東西……有人相信有人不相信，有人接受有人不接受；這點我沒有意見。

「妳聽過一句心理學上的名言：『你相信，他就存在』嗎？」

記者小姐點點頭。

「那如果用反面來說也成立嗎？你不相信，他就不存在？」

她遲疑了一下……你的意思是？

「當全世界的人們都相信是太陽繞著地球轉的時候，地球還是老老實實地每三百六十五天繞太陽一圈喔。事實與你的相信與否並不見得有關連喔。」

我看她有點被我搞糊塗了，趕忙又道：「當然我是相信業力與因果的。」

記者小姐翻開筆記本開始快速地寫起字來。她寫了一行又一行，不知道是有很多對談紀錄要記述，還是有很多理解與感想要抒發。

她寫了良久，令我不禁好奇，真想跟她借過筆記本來看看到底寫了些什麼。

終於，她停了筆，抬起頭來對我說：「我有一個女性朋友，她身處在一段很不愉快的感情關係中。她總是被不合理的對待，不被珍惜。我都覺得是糟蹋了；但她總是宿命地覺得，這可能是欠債未還。我幾次鼓勵她勇敢離開，她都說，若是還沒還清怎麼辦，若是這樣傷害了對方豈不是將來還要償還。說來說去，她總是宿命地忍受，然後告訴自己這是業力的情債。她幾次還跟我說，就當是修行吧，如果是因果業力也沒辦法。我覺得，即使以她這麼虔誠的人，相信因果又有什麼用？你覺得，她這真是果報的情債嗎？真有這種事嗎？」

「謝謝妳。這真是個好問題。」我想，這差不多該進入下半局了。

「業力因果若是以反面理解，就容易落入這樣宿命的陷阱。不論是心甘情願或不甘不願，都是只看到果這個字。因果因果，這兩個字不可以拆開來看的。

「只看到果這個字，就會有一種已完成，已注定，不可違抗的感覺。總會讓人覺得是要來承受這個後果似的。

「但相對地，過去果已經完成，未來因尚未發生啊！與其只把目光心思放在過去果上面，為什麼不多對未來因多做些什麼呢？不要忘了，生命有其開創性，對一個深信因果的人而言，積極開創去種下諸多生命裡的善因，才是更重要的課題啊。因果論或許有其侷限性，但並不全然如此。它的積極面在於我們是不是勇於開創，為自己的生命也為他人的生命，種諸善因，以期結諸善果。

「有些深信業力之人害怕造業，所以把手放在自己的屁股下面，什麼也不敢有所作為，就因為深信而且害怕業力。但其實業力也分善業惡業無記業啊！為什麼談到這些都要往不好的負面的去聯想呢？

「與其埋怨喟嘆甚至逃避惡業苦果，為什麼不把生命用在種善因造善業上面？我認為這種積極開創的態度，才是對因果業力最好的解讀啊。

「身為凡夫，我們不免在因果業力中輪迴流轉；但是落於因果不代表我們就要昧於因果啊。永遠永遠不要忘記生命的開創性與積極性！用簡單的白話來說，想嘗什麼果，就種什麼因，所謂因果就是這樣簡單明白的呀。」

我慎重其事把話說完，與她二人一時沉默無語。我頓時感到有點三八，為什麼把好好的一個訪問搞得氣氛如此凝重。

此時她的手機響起，我聽見她說：「好的好的，馬麻這邊快要結束了，馬麻等一下就去接你喔。」結束通話後她對我說，不好意思我兒子學校的活動結束了，我等等要趕過去接他。

我沒想到這記者小姐竟然已經是位媽媽，還因為我的關係耽誤到她陪小孩的時間，遂快快回到正題，把原本訪問該談的為何出這本書啦，寫作的過程啦，出版的緣由啦，很快地報告了一遍，便結束這次採訪。

回到家，天還不算太晚，我帶著家裡的狗兒出去遛遛。

來到大公園的草地，我們兩個跑沒幾回，就已經氣喘吁吁伸舌吐氣了。哎，果然人與狗都上了年紀跑不動了。晚風開始吹起，我們坐在草地上休息。

身旁的狗兒猶在大聲喘氣，我拍拍他的大頭輕輕對他說：改天，說不定，我真的會變你兄弟，跟你又跑在一起喔。

狗兒沒說話。他總是聰明地謹守著，智者不語。

觀身不淨
觀受是苦
觀心無常
觀法無我

國家圖書館出版品預行編目資料

背光的所在 / 李雲橋 著. -- 初版. --
臺北市：平安文化, 2014. 12 面；公分. --
（平安叢書；第0461種）（幽人明光；2）

ISBN 978-957-803-938-4（平裝）

857.7 103023287

平安叢書第0461種
幽人明光 2
背光的所在

作　　者—李雲橋
發 行 人—平雲
出版發行—平安文化有限公司
台北市敦化北路120巷50號
電話◎02-27168888
郵撥帳號◎18420815號
皇冠出版社(香港)有限公司
香港上環文咸東街50號寶恒商業中心
23樓2301-3室
電話◎2529-1778　傳真◎2527-0904
責任主編—盧春旭
責任編輯—陳柚均
美術設計—王瓊瑤
著作完成日期—2014年09月
初版一刷日期—2014年12月

法律顧問—王惠光律師

讀者服務傳真專線◎02-27150507
電腦編號◎546002
ISBN◎978-957-803-938-4
Printed in Taiwan
本書定價◎新台幣250元/港幣83元

皇冠60週年集點暨抽獎活動專用回函

請將5枚印花剪下後，依序貼在下方的空格內，並填寫您的兌換優先順序，即可免費兌換贈品和參加最高獎金新台幣60萬元的回饋大抽獎。如遇贈品兌換完畢，我們將會依照您的優先順序遞換贈品。

●贈品剩餘數量請參考本活動官網（每週一固定更新）。所有贈品數量有限，送完為止。如贈品兌換完畢，本公司有權更換其他贈品或停止兌換活動（請以本活動官網上的公告為準），但讀者寄回回函仍可參加抽獎活動。

1. ______________ **2.** ______________ **3.** ______________

●請依您的兌換優先順序填寫所欲兌換贈品的英文字母代號。

1 2 3 4 5

□（**必須打勾始生效**）本人______________（**請簽名，必須簽名始生效**）同意皇冠60週年集點暨抽獎活動辦法和注意事項之各項規定，本人並同意皇冠文化集團得使用以下本人之個人資料建立該公司之讀者資料庫，以便寄送新書和活動相關資訊。

我的基本資料

姓名：______________

出生：________年________月________日　性別：□男　□女

身分證字號：______________（僅限抽獎核對身分使用）

職業：□學生　□軍公教　□工　□商　□服務業

□家管　□自由業　□其他

地址：□□□□□ ______________

____

電話：（家）______________　（公司）______________

手機：______________

e-mail：______________

□我不願意收到皇冠文化集團的新書、活動edm或電子報。

●您所填寫之個人資料，依個人資料保護法之規定，本公司將對您的個人資料予以保密，並採取必要之安全措施以免資料外洩。本公司將使用您的個人資料建立讀者資料庫，做為寄送新書或活動相關資訊，以及與讀者連繫之用。您對於您的個人資料可隨時查詢、補充、更正，並得要求將您的個人資料刪除或停止使用。

皇冠60週年集點暨抽獎活動注意事項

1. 本活動僅限居住在台灣地區的讀者參加。皇冠文化集團和協力廠商、經銷商之所有員工及其親屬均不得參加本活動，否則如經查證屬實，即取消得獎資格，並應無條件繳回所有獎金和獎品。
2. 每位讀者兌換贈品的數量不限，但抽獎活動每位讀者以得一個獎項為限（以價值最高的獎品為準）。
3. 所有兌換贈品、抽獎獎品均不得要求更換、折兌現金或轉讓得獎資格。所有兌換贈品、抽獎獎品之規格、外觀均以實物為準，本公司保留更換其他贈品或獎品之權利。
4. 兌換贈品和參加抽獎的讀者請務必填寫真實姓名和正確聯絡資料，如填寫不實或資料不正確導致郵寄退件，即視同自動放棄兌換贈品，不再予以補寄；如本公司於得獎名單公佈後10日內無法聯絡上得獎者，即視同自動放棄得獎資格，本公司並得另行抽出得獎者遞補。
5. 60週年紀念大獎（獎金新台幣60萬元）之得獎者，須依法扣繳10%機會中獎所得稅。得獎者須本人親自至本公司領獎，並提供個人身分證明文件和相關購書發票（發票上須註明購買書名），經驗證無誤後方可領取獎金。無購書發票或發票上未註明購買書名者即視同自動放棄得獎資格，不得異議。
6. 抽獎活動之Deseno行李箱將由Deseno公司負責出貨，本公司無須另行徵求得獎者同意，即可將得獎者個人資料提供給Deseno公司寄送獎品。Deseno公司將於得獎名單公布後30個工作天內將獎品寄送至得獎者回函上所填寫之地址。
7. 讀者郵寄專用回函參加本活動須自行負擔郵資，如回函於郵寄過程中毀損或遺失，即喪失兌換贈品和參加抽獎的資格，本公司不會給予任何補償。
8. 兌換贈品均為限量之非賣品，受著作權法保護，嚴禁轉售。
9. 參加本活動之回函如所貼印花不足或填寫資料不全，即視同自動放棄兌換贈品和參加抽獎資格，本公司不會主動通知或退件。
10. 主辦單位保留修改本活動內容和辦法的權力。

寄件人：

地址：□□□□□

請貼郵票

10547 台北市敦化北路120巷50號

皇冠文化出版有限公司 收